FALSAS CRÓNICAS DEL SUR

A 19 de octubre de 1992

Para Lala y Steve:
Con mucho cariño,
un caluroso abrazo caribeño.

Esther

Ana,

Efrén

FALSAS CRÓNICAS DEL SUR

ANA LYDIA VEGA

ILUSTRACIONES
WALTER TORRES

EDITORIAL UNIVERSIDAD DE PUERTO RICO

Primera edición, 1991
Reimpresión, 1992

© 1991 Universidad de Puerto Rico
© Ana Lydia Vega
Todos los derechos reservados según la ley

Catalogación de la Biblioteca del Congreso
Library of Congress Cataloging-in-Publication Data

Vega, Ana Lydia, 1946—
Falsas crónicas del sur / Ana Lydia Vega. — 1. ed.
p. cm — (Colección caribeña)
ISBN 0-8477-3669-5
1. Guayama Region (P.R.) — Fiction.   I. Title.   II. Series.
PQ7440. V37F35   1991
863—dc20   91-16387   CIP

Impreso en los Estados Unidos de América
Printed in the United States of America

EDITORIAL DE LA UNIVERSIDAD DE PUERTO RICO
Apartado 23322
Estación de la Universidad
Río Piedras, Puerto Rico 00931-3322

vi

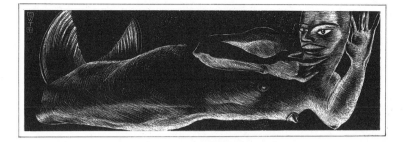

INDICE

AGRADECIMIENTOS

S é que no hay nada más injusto que las listas. No puedo, sin embargo, dejar de mencionar algunos nombres indispensables. Espero contar con la indulgencia de aquellos que involuntariamente se me hayan quedado.

— A Charles (Theo) Overman, de Canadá, asiduo corresponsal y colaborador generoso, por haberme regalado algunos de los momentos más emocionantes de la investigación en torno a *La Enriqueta*; y a Chuco Quintero, por haberme dado la pista que me condujo hasta él.

— A las hermanas Santana Rosa (Irma, Lydia, Ana María), Goyita Cora, Eulalia Vázquez, Tella de Jesús, Elena Gallart, Vale Trossí, Laura Marrero, Lola Covas, Bruni Santiago, Rosa Maurás, Piqui Virola, Néstor Lebrón, Ivonne Montalvo, Etanislao Ortiz, Eduardo Rovira, Roberto Beascoechea y todos los arroyanos que compartieron conmigo sus recuerdos.

— A José Enrique Ayoroa Santaliz, Alfonso (Tuto) Giménez, Lilianne y Lolín Pérez-Marchand, Socorro Girón y todas las amistades que me permitieron descubrir a Ponce.

— A Jesús Vázquez, Carlos Santiago, Rosa María Pimentel y todos los brujos buenos que me abrieron las puertas de Guayama.

— Al gran Hiroíto Torres, de Maunabo, y a Quique Colón, que me llevó a conocerlo.

— A los historiadores de los pueblos que, como Cristóbal Sánchez, Gonzalo Cintrón, Jalil Sued, García Boyrié,

Rodríguez Bernier, Porrata Doria, Vidal Armstrong, Edmundo del Valle y tantos otros, rescatan para nosotros pedazos vivos del pasado.
— A Angie y Peter Llera, de Punta Santiago, por haberme permitido escribir en la tranquilidad de su paraíso.
— A Marta Iris Aponte, Gloria Madrazo y Sylvia Alvarez, por su confianza y su entusiasmo.
— A Robert y Lolita Villanua, por su paciencia y su cariño.
— A la Fundación John S. Guggenheim y la Universidad de Puerto Rico, sin cuya aportación hubiera podido aplazarse este proyecto por quién sabe cuántos años.

A ELLOS Y A TODOS LOS QUE ME DIERON SU APOYO, AYUDA Y BUENAS VIBRACIONES PARA LA CREACION DE ESTE LIBRO, MIS MAS ENDEU-DADAS GRACIAS.

ALV

A mi madre arroyana.

Los escritores somos —como le hubiera gustado a Melville— los cazadores azarosos de esa ballena blanca que es el tiempo.

Manuel Ramos Otero

CRONICA DE LA FALSIFICACION

L os ocho relatos que componen este libro fueron inspirados por la historia, la leyenda y la tradición oral de los pueblos costeros del sur puertorriqueño.

Mi interés por esa fascinante región nació hace muchos años con los cuentos que escuchaba de boca de mi familia materna, originaria de Arroyo. Con las antenas siempre erectas para pescar un buen proyecto narrativo, me dediqué luego, más conscientemente, a entrevistar a cuanto sureño tuviera la dudosa suerte de atravesarme el camino. Las obsesiones y preferencias de estos cuenteros orientaron, en alguna medida, mi selección temática. Me interné entonces en el denso universo de las bibliotecas públicas y los archivos privados para confirmar la proteica multiplicidad de "los hechos" y la desconcertante ambigüedad de las perspectivas. Sobre las siempre cambiantes versiones de sucesos vividos o escuchados, construí éstas que ahora someto a la imaginación de ustedes.

Con el propósito de establecer un contexto mínimo que permita a los lectores situarse en el espacio y el tiempo, he añadido una breve nota introductoria a cada uno de los relatos. Los conocedores del sur prescindirán alegremente de ese preámbulo informativo y conversarán, por supuesto, directamente con el texto.

ALV

La calle más larga de Arroyo se llamó una vez Isabel Segunda. Hoy lleva el nombre del inventor del telégrafo, Samuel Morse, cuya hija Susan vivió unos cuarenta años, junto a su esposo, el hacendado esclavista Edward Lind, en la opulenta y hoy desaparecida casona de *La Enriqueta.* Don Samuel estuvo de visita allí en diciembre de 1858. Para entretenerse, montó una línea telegráfica entre la hacienda y el almacén de su yerno en el puerto. Por aquello de festejar la gloria de haber sido el primer pueblo puertorriqueño en ostentar un flamante telégrafo, Arroyo agradecido le regaló una calle. Morse, quien nunca brilló por su abolicionismo, tuvo que darle así su ilustre apellido a la arteria principal de un pueblo mulato.

Del paso de los Lind por tierras arroyanas, apenas quedan vestigios concretos: unos muros ahogados por la maleza en la carretera de Arroyo a Patillas y unas tumbas maltrechas en el cementerio viejo. El apellido, sin embargo, sobrevive en los descendientes de aquellos esclavos que labraron con sus manos la majestuosidad versallesca de *La Enriqueta.*

Nadie ha podido explicar aún las trágicas muertes de los protagonistas de esta historia. El misterio favorece los designios de la autora y su afán de rellenar con tinta las lagunas.

EL **BAÚL** DE
MISS FLORENCE
FRAGMENTOS PARA UN NOVELÓN ROMÁNTICO

Slavery per se is not a sin. It is a social condition ordained from the beginning of time for the wisest purposes, benevolent and disciplinary, by Divine Wisdom.

Samuel Morse
Letters and journals,
editados por su hijo
E.L. Morse en 1914.

Folks here pity my loneliness but I continue to exist...

Susan Walker Morse:
Carta a Mary Peters Overmann,
Arroyo, Puerto Rico
28 de febrero de 1848.

I

EL 8 de diciembre de 1885, Miss Florence Jane soltó el recién llegado ejemplar del *New York Times* como si le hubiese estado quemando las manos. Desde el terciopelo vino del sofá, el titular que había capturado su curiosidad de ávida lectora de novelas seguía aún lacerándole la vista. EXTRAÑA DESAPARICION EN ALTAMAR: lacónica frase que venía sin saberlo a epilogar la trama inconclusa de toda una vida. Fue preciso esperar unos minutos para recobrar la confianza en las piernas y salir en busca de las sales aromáticas y el agua de melisa.

Esa noche, a pesar del té de tilo que sorbió en cantidades excepcionales, no pudo conciliar el sueño. La figura frágil y graciosa de la que una vez había sido su patrona y benefactora vagaba, envuelta en una larga y vaporosa túnica blanca, por los pasillos sombríos de su memoria. Ya de madrugada, exhausta de tanto rezar por el descanso de aquella ánima que no cesaba de atormentar su vigilia, Miss Florence terminó por abandonar el cálido refugio de las sábanas.

Sin verdaderamente proponérselo, se halló hincada en el piso con la cabeza inclinada en un ángulo precario. Una rápida mirada le bastó para comprobar que estaba, como siempre, allí, solemne y macizo, debajo de la cama. Por más esfuerzos que hizo, no pudo sin embargo recordar en cuál gaveta, cofre o agujero había guardado la pequeña llave del viejo candado, inútil protector de su intimidad inviolada. Muy a su pesar —pero más al de los vecinos que intentaban, en el piso inferior, pegar el ojo— se decidió a forzarlo con la complicidad de un martillo mohoso.

El olor a encierro —mezcla de naftalina y *sachets* de lavanda— la hizo retroceder para entregarse por buen rato a la compulsión del estornudo. Con un pañuelo de hilo tapando firmemente su nariz sonrojada, se atrevió a perturbar, por primera vez en casi veinte años, la paz apretada de los *souvenirs*, clasificados por fechas y lugares.

No le costó mucho encontrar, dentro de su cajita negra con fondo de tafeta roja, el rústico volumen cuyas grandes letras doradas proclamaban pomposas:

JOURNAL: PUERTO RICO 1856-59

Las páginas amarillas se adherían entre sí, ofreciendo resistencia a los dedos que las barajeaban torpemente. Los ojos de Miss Florence saltaban nerviosos sobre el papel, pescando al azar palabras que despertaban en su pecho sensaciones acalladas. Por momentos, algún trozo descosido de pasado tiranizaba su atención y en él se detenían largamente como si estuvieran descifrando la escritura enigmática de un manuscrito ajeno.

LA ENRIQUETA

Heme aquí ya por fin, tras un viaje infernal durante el cual creí haber dejado las entrañas en el fondo del mar. El capitán que nos trajo desde San Tomás tuvo que haber hecho un pacto con el demonio para lograr domar tales marejadas. La carta de Mrs. Lind y mi pasaporte británico —muy apreciado en estas latitudes— me ahorraron cómodamente las formalidades de aduana. Un cochero negro con librea blanca —curiosa estética colonial no sin cierto encanto— me esperaba, según lo convenido, frente al almacén de Mr. Lind.

Un trayecto de unas tres millas conecta la hacienda con el puerto. Luego de recorrer hasta el final la calle principal de Arroyo, tomamos una carretera polvorienta y pedregosa que nos condujo sin desvíos hasta los portones mismos de *La Enriqueta.*

Si la seca monotonía del paisaje me renovó la nostalgia de la campiña inglesa, no así los espléndidos terrenos de esta estancia palaciega. Todo en ella es lujo y ostentación. Jardines artísticamente diseñados exhiben una exquisita profusión de flores exóticas. Frente a la mansión enorme de mampostería y madera con amplios balcones a vuelta redonda, una fuente perfumada derrama olores y colores sobre las cabezas finamente talladas de ninfas y delfines. Cotorras, papagayos, simios y hasta serpientes pueblan espaciosas jaulas de bambú suspendidas por sogas y lianas a los árboles frutales. Hacia los costados este y oeste, dos lagos artificiales rodeados de imponentes estatuas griegas y romanas multiplican en las aguas claras, navegadas por altivos cisnes negros, la reverberación enceguecedora de un sol incansable.

Mrs. Lind, quien me recibió con la mayor cordialidad imaginable, me rogó con insistencia que la llamara sencillamente Miss Susan, como lo hacen todos sus sirvientes. Imposible ocultar el asombro que me produjo ese abandono voluntario de título y apellido conyugales. No obstante, y para no afectar en forma negativa esa primera impresión tan importante en la carrera de cualquier institutriz, me guardé muy bien de expresar mis reservas.

El esposo está de viaje, cosa que parece suceder con bastante frecuencia. Sus labores simultáneas de hacendado y comerciante requieren casi constantemente su presencia en islas y ciudades vecinas.

El joven Charles —quien mostró muy fugazmente la nariz— tiene el porte y la apariencia de todo un caballerito europeo. Su piel no muestra en absoluto ese refajo amarillento que tanto afea a los blancos nacidos en esta parte del mundo. Miss Susan me informó que acaban de regresar de la casa de su señor padre —el célebre Mr. Samuel Morse— en Poughkeepsie, donde pasaron la mayor parte del verano. Es preciso, añadió con un dejo de tristeza, refugiarse en *Locust Grove* (como ha nombrado Mr. Morse a su primera residencia fija) para remediar el daño causado a los pulmones y la sangre por los rigores del trópico.

7

Antes de sentarnos a la mesa, que lucía un impresionante despliegue de porcelanas delicadas y plata grabada con la rabuda ele familiar, Miss Susan me condujo hasta la cocina, donde me fueron presentados uno a uno los criados. Se me recomendó especialmente a Bela, una negra sin edad con ojos dulcemente caninos. Está conmigo desde que me casé, dijo la señora, abrazándola con cierto inusitado —por sincero— afecto.

Si pecó de algo la cena fue más bien de abundante. Demasiado sazonadas para mi gusto sobrio, las especialidades criollas me indispusieron un tanto el estómago, por lo que me alegré sobremanera cuando Miss Susan le pidió a Bela que me acompañara al dormitorio. En esta reducida alcoba de la segunda planta, desde cuya inmensa ventana se divisan unos cielos espectacularmente crepusculares, me siento, en cierta medida, yo también dueña de ese imperio de cañas sembradas a pérdida de vista en el Caribe.

MASTER CHARLIE

Mi alumno parece ser una criatura bastante temperamental. Su víctima preferida es la pobre Bela, quien le demuestra más afecto que su propia madre. El chico ha aprendido el español casi prodigiosamente y su acento, insólitamente desclasado, delata el origen africano de su escuela. Es en esa lengua que responde, a modo de malacrianza, cuando intento capturar su atención para alguna enseñanza.

No soy la primera —aunque sí espero ser la última— en haber emprendido la domesticación de la fierecilla mimada de los Lind. Las infelices que me precedieron —y han sido, según información de buena tinta, más de seis— apenas duraron algunos meses antes de ser reemplazadas. Ya me lo había advertido, al recomendarme para el puesto, mi buena Mrs. Heinemann.

El chico detesta la historia y la aritmética. Sólo el dibujo y el canto son capaces de retenerlo durante un día soleado en la mesa de trabajo. Con más maña que paciencia, he logrado interesarlo en la lectura gracias a dos magníficos textos de Sir Walter Scott. De la más violenta antipatía, ha saltado de golpe a la efusión contraria. ¿Qué diría Mrs. Dayton al verme recurrir, por sobre las sólidas virtudes de los clásicos, al fácil éxito de los modernos? Fue sin embargo su propia pedagogía la que me enseñó a valorar más el producto que el método. En cuanto a mi relación con este ángel rebelde, no sé qué cosa resultará peor: si su eterno desdén, interrumpido por uno que otro brote de perversidad infantil o el despertar de su interés, con la consecuente interrogación sin tregua.

Hoy, temprano en la tarde, llegamos hasta Punta Guilarte, excursión que nos tomó, a la ida, una buena hora. Aproveché la caminata para medir sus conocimientos de historia natural. Agradabilísima sorpresa: *motu proprio* y casi con orgullo, iba identificando mi alumno los nombres de plantas y animales que yo, por supuesto, ignoraba. Tendré que solicitar de alguna fuente fidedigna la traducción exacta.

De tan levísimo el oleaje, el mar parecía una laguna. Me quité los zapatos para probar la temperatura del agua, que refulgía blanca bajo el fogaje del sol. Al hundir los pies en la arena mojada, una tibia sensación de bienestar invadió mis piernas habituadas al filo cruel de los mares europeos. Tan embebida estaba en estas comparaciones que sin quererlo había desatendido las andanzas de mi protegido. Fui presa de un sobresalto momentáneo al darme cuenta de que, sin previo aviso, el chico había desaparecido. De pronto, lo vi saltar, ágil como un conejo, de entre un denso matorral de uvas playeras. No pude contener un grito de alarma ante la visión de su cuerpo totalmente desnudo. Le volví la espalda para sustraerme a la muy primitiva naturalidad con que reaccionaba a mi disgusto. Y, explicándome que contaba con la autorización de su señor padre para bañarse como

Dios lo había traído al mundo, corrió —sin requerir la mía— alegremente hacia el mar.

Como la impulsiva rapidez de Charlie me había tomado desprevenida, esperé pacientemente a que terminara su intempestivo baño. Evité, no obstante, mirarle a los ojos para no despertar en él, a tan temprana edad, sentimientos de dudosa naturaleza. Supuse que había adquirido ésa y quién sabe cuántas otras malas costumbres en el trato con los niños africanos que han sido sus compañeros de juegos. No en balde Miss Susan le tiene terminantemente prohibida la frecuentación de los cuarteles de negros.

Camino a casa, un comentario suyo satisfizo mi curiosidad en torno a un asunto que jamás hubiera osado yo abordar. Me reveló con aire muy divertido que, contrariamente a Mr. Lind —bastante afecto, tal parece, al desnudo— su madre siempre solía bañarse en camisón por miedo a la mordida ardiente de las aguavivas.

MISS SUSAN: ANVERSO Y REVERSO

¿Será la larga ausencia del esposo lo que sume a mi patrona en el ocio melancólico? Mientras Charlie acapara mi atención casi doce horas al día, ella ronda como un fantasma discreto por la casa, presa de una modorra sin final. El calor y la humedad de la tarde la confinan, dramáticamente despojada de toda energía, a las hipnóticas redes de la hamaca. Poco le provoca salir sin compañía y encuentra aburridas, según me ha confiado, a la mayor parte de sus amistades. Su rostro enjuto se afila cada día más y su talle ya llega a contener en una mano. Inútiles resultan las atenciones de Bela ante el desgano insalvable de su ama. Sólo los baños de mar —en las playas que conforman la frontera sur de la propiedad— calman sus carnes devoradas por legiones de mosquitos criadas en las tierras pantanosas del litoral.

De repente, sin embargo, la descubro capaz de entusias-
marse. La noticia de la inminente llegada de Mrs. Molly
Overmann —confirmada sólo hace unos días— parece
haber tenido el poder de transformarla. Una actividad febril
se ha posesionado mágicamente de la casa. La señora dirige
las operaciones como si se tratara de la visita de un miembro
de la realeza. Se desvive dándole el toque elegante a los
complicados preparativos. Ha mandado a decorar el cuarto
de huéspedes por todo lo alto: adornos Luis XV, sillones
María Teresa I, colcha y cojines de damasco. Ha com-
puesto minuciosamente el menú de la cena de bienvenida,
un insólito y suculento *mélange* de platos americanos y
criollos. Ha hecho tumbar cocos, parchas y mangos para la
confección de elaboradísimos postres y bebidas. Un inmenso *bouquet* de flores tropicales, cuyos deslumbrantes
nombres —ave del paraíso, flamboyán, trinitaria— apenas
puedo pronunciar, saludará la entrada triunfal de la invi-
tada neoyorquina que tiene el honor de ser, además de su
sobrina política, su mejor amiga.

DEBUT EN SOCIEDAD

Miss Susan y Mrs. Molly se divierten como dos chiqui-
llas, con esa desconcertante mezcla de atrevimiento e inocencia tan característica de ciertas jóvenes americanas. De
noche las oigo —no sin cierta incomodidad— reírse a carcajadas. En la mesa, es Mrs. Molly quien monopoliza con sus
relatos pícaros la conversación. Nostálgicamente sonreída,
Miss Susan degusta a través de ellos las dulces frivolidades
de la vida metropolitana que le ha robado sin piedad su
exilio antillano.

Ayer, a instancias de ambas, me vi obligada a acompañar-
las a tomar el té *chez* Mrs. O'Hara, la esposa del vicecónsul
británico. Situada en la calle Isabel Segunda, donde viven
muchas de las familias pudientes de la localidad, la gran

casona de madera es de una sobria elegancia. Al acercarnos y divisar la bandera del Reino Unido dando latigazos a capricho del viento marino, no experimenté, extrañamente, ni el orgullo de mi procedencia ni la añoranza de mi ambiente. Los años que llevo fuera del país han atenuado, de alguna manera, los recuerdos placenteros de Oxfordshire. Sólo retengo la larga enfermedad de mi padre, su lenta agonía y, ante el hecho consumado de su muerte, una honda sensación de desarraigo.

Mrs. O., como la llaman sus amigos y parientes, es una robusta dama de cabellos rojizos y ondulados, amable anfitriona y hábil conversadora, aunque un tanto curiosa para mi gusto. Entre un torrente de preguntas banales, deslizó suavemente la inevitable alusión a mi estado civil. Soy una mujer libre, respondí secamente, y no tengo por ahora razones de peso para dejar de serlo. Cuando cambié la vista para ponerle fin a la entrevista, me topé con las miradas traviesamente sorprendidas de Miss Susan y Mrs. Molly. Mientras la criada servía el té y las galletitas, Mrs. O. volvió a la carga, proponiendo presentarme en la próxima *soirée* a los "pocos solteros potables del área". En eso, la llegada providencial de dos damas que resultaron ser las hermanas del vicecónsul evitó que la indiscreción de mi compatriota terminara por hacerme olvidar los buenos modales.

Acogí con alivio la hora del regreso. La visita, que me pareció prolongadísima, me aclaró los motivos de la renuencia de mi patrona a frecuentar los lugares de reunión de la *crème* extranjera. La vida ajena es la única oferta en el menú: el plato de resistencia.

ENTER MR. LIND

El calor de esta temporada —que aquí, paradójicamente, llaman invernazo— es mucho más que agobiante. La opresión del clima me hace desear por momentos que llueva a cántaros, que se desate la furia del viento, que arrase el paisaje uno de esos famosos huracanes tropicales. Afortunadamente, Charlie pasa las tardes nadando y chapaleando en las pozas de la quebrada con Miss Susan y Mrs. Molly (a quien adora), lo que me permite refugiarme en el único lugar fresco, la galería trasera de la casa. Se han invertido inesperadamente los papeles: Miss Susan va y viene mientras yo languidezco en la hamaca.

Esta noche, durante la cena, se oyó el galope de un caballo en la vereda florida de la hacienda. La señora se precipitó eufórica al balcón en lo que Bela se apresuraba a colocar otro cubierto sobre la mesa. Charlie me sorprendió quedándose tranquilamente sentado en su sitio, milagro que atribuí a su evidente infatuación con la belleza efervescente de la prima. Mrs. Molly siguió comiendo, imperturbable. Por alguna razón, una creciente nerviosidad se apoderó de mis manos y tuve que soltar el tenedor para no delatar la desazón que me producía la súbita llegada del dueño y señor de *La Enriqueta*.

Miss Susan y su esposo se hicieron esperar. Por un insólito efecto de espejos cruzados, veíamos sus siluetas abrazadas en la penumbra del pasillo. Las manos de Mr. Lind corrían desenfadadamente por la espalda de la señora. Me volví hacia el chico para distraer su atención con una pregunta tonta y, al girar la mirada, noté con cierta ofuscación que Mrs. Molly fijaba los ojos sin disimulo en aquella escena cuya contemplación desaconsejaba el más elemental pudor.

A pesar de sus penetrantes ojos verdes, Edward Lind no es precisamente lo que se llamaría un hombre hermoso. Su nariz es demasiado larga y su boca demasiado gruesa para elevarle al plano de la armonía estética, amén de que cuando primero posé ojos en él llevaba algunos días sin retocarse la barba. Posee, sin embargo, cualidades capaces de impresionar a ciertas damas. Su ruda virilidad, su sonrisa juguetona y su leve acento extranjero se alían para conferirle un no-sé-qué de atractivo que habrá sido bastante difícil de resistir por parte de una mujer como Miss Susan. De excelentes antecedentes —santomeño de pura cepa danesa—, exhibe una conversación variada y un agudo sentido del humor asombrosos en alguien acostumbrado mayormente a la compañía de bestias y africanos.

Después de beber y cenar copiosamente, le ordenó a Charlie, que había permanecido bastante frío ante los saludos efusivos del padre, retirarse a su habitación. Ni las súplicas, ni las acaloradas protestas ni finalmente las lágrimas del hijo pudieron alterar la firme resolución de Mr. Lind. Ninguna de las mujeres intervino y con menos razón la que no es sino una empleada de la familia. La rabieta duró poco. Bastó con que mi patrón alzara la voz una sola vez para que el chico saliera apresuradamente de la sala.

Su buen humor recuperado, Mr. Lind hizo que Mrs. Molly se sentara al piano y nos deleitó (si puedo calificar de deleite la alegre confusión que desató entre las damas lo francamente *risqué* de las selecciones) con aires de francachelas marineras. Entre las risas y los aplausos, observé que el señor me miraba con insistencia y que Miss Susan no le despegaba los ojos de la cara.

Serían cerca de las diez —hora a la que no cesaba de admirarme la energía inagotable de un hombre apenas regresado de un largo viaje— cuando a Mr. Lind se le ocurrió la peregrina idea de darle a la huésped un paseo nocturno en su nueva montura de paso fino. —Véngase usted también— me dijo, con su sonrisa de niño grande y sus ojos chispeantes —en mi caballo siempre hay lugar para más de una dama—. Ni siquiera me atreví a levantar la vista, desconcertada por aquel desparpajo que atribuí al exceso de bebida. Rechacé cortésmente la invitación y, con la venia de la señora, me retiré tan pronto como pude a mi dormitorio. Los chillidos de la novel amazona y las divertidas amonestaciones del jinete experimentado me impidieron concentrar debidamente en la redacción de estas notas.

CARTA

Las Navidades son aquí —a pesar del papismo imperante— más que una celebración religiosa, una festividad pagana. Ya se han recibido varias "músicas", como llaman los isleños a las serenatas que se suelen intercambiar los vecinos para la ocasión. El ron de *La Enriqueta* es servido abundantemente y acompañado de una gran variedad de frituras. Miss Susan parece disfrutar muy poco de estos festejos improvisados. De pie junto a la puerta del balcón, observa con una expresión de impenetrable distancia mientras su esposo departe cordialmente con los visitantes criollos y hasta invita a bailar a las damas.

La hermana y el cuñado de Mr. Lind han reemplazado a Mrs. Molly en el cuarto de huéspedes. El aire aristocrático de los Salomons, venidos desde Ponce con todo y criados, no es muy del agrado de mi incorregible alumno, quien los ha bautizado, para la gran hilaridad de Miss Susan, "La Pareja Real". Hasta el perro que han traído —un majestuoso *collie* sacrificado a los calores del trópico— combina perfectamente con su refinada *allure*.

Hace exactamente tres días que, en medio de tanta alegría, me llegó una misiva urgente despachada en San Tomás. El portador fue el propio Mr. Lind, cuyo caballo había pasado como un celaje negro frente a la casa mientras yo tomaba mi acostumbrado té de las cinco en el balcón. Al poco rato, subía los escalones de tres en tres para poner el sobre en mis manos.

—Miss Jane, su apellido más parece un nombre —dijo, sin soltarlo y mirándome muy fijamente con esa tranquilidad pasmosa que siempre era la suya, como esperando alguna frase feliz que facilitara una conversación largamente pospuesta. Sólo pude producir una débil sonrisa y, como de costumbre, bajar la vista, ahora con el pretexto de adivinar el nombre ilegible del remitente.

Con una celeridad casi felina, Mr. Lind dio un paso al frente, acercándoseme tanto que pude escuchar muy claramente, en el silencio del atardecer, su aliento entrecortado,

15

oloroso a ron y a tabaco. Instintivamente, di un paso atrás. El salvó sonriente la distancia, reanudando aquella extraña danza sin pareja.

—La timidez es mala compañera —murmuró suavemente tras una pausa que a mí me pareció eterna. Era absolutamente imposible que de mis labios paralizados brotara una sola palabra. No sé qué hubiese sucedido si en aquel preciso instante no hubiese aparecido la figura esbelta de Charlie en el marco de la puerta. El señor despegó sus ojos de los míos y, dirigiéndose a su hijo con una jovialidad un tanto exagerada, lo retó a una carrera impromptu hasta la galería.

El chico rechazó el amable desafío de su padre con un gesto desganado y caminó hacia mí, un gran signo de interrogación pintado en la cara. Sólo entonces recordé que tenía una carta entre las manos.

Una vez en la habitación, rompí el sello de lacre. Mr. Wolf, el pastor anglicano de Christiansted, me daba los detalles de la muerte, fulminante e indolora, de mi ángel protector, Mrs. Heinemann. La demora del correo español había diferido mi sufrimiento por dos semanas.

Sentada frente al tocador, con la frente apoyada en el frío luminoso del espejo, lloré sin lágrimas la redondez perfecta de mi soledad.

HOMENAJE

Esta mañana, al entrar en la biblioteca poco antes de las ocho, encontré sobre mi escritorio un dibujo hecho con mucho esmero. En él, aparecía yo (la semejanza era asombrosa en el detalle) caminando bajo las estrellas por los jardines de *La Enriqueta* con los cabellos sueltos y muy escasamente ataviada, nada menos que en un fino camisón de encaje. Al pie de la página, un verso de Browning.

16

De primera intención, no me quedó más remedio que sonreír ante la imagen sumamente idealizada de ninfa nocturna que de mí se ha construido Master Charlie. Una larga reflexión posterior me hizo reconsiderar esa sonrisa. Obviamente —y pese a las rabietas que todavía ocasionalmente nos inflige— mi alumno se va alejando cada día más de la infancia para tomar el camino irreversible de la pubertad. El calor ecuatorial, tengo entendido, favorece y acelera esos procesos. A pocos meses de los trece años, su cuerpo espigado le añade sin duda la edad que a menudo le restan sus grandes aires. ¡Cuántas transformaciones silenciosas estarán operándose en el secreto de esa mente hasta hace poco tierna! Las chicas blancas de su edad brillan por su ausencia y de ahí esa malsana afición por las mujeres adultas. A partir de hoy, venciendo afectos naturales, tendré que marcar mayor distancia.

TABLEAU

La llegada de un nuevo médico, que ha venido a renovar la práctica del anciano Doctor Tracy, le impuso hoy a los Lind el deber de asistir a una recepción. Reacia a envolverme en actividades sociales de escaso interés, tuve no obstante que acompañarlos a riesgo de cometer un "desaire contra la comunidad británica", como le gusta decir ceremoniosamente a mi patrona.

En un vestido de la vasta colección de Miss Susan, seleccionado y ajustado por ella misma, me sentía más que nunca inadecuada. El desfachatado de Charlie confirmó mi impresión mofándose ruidosamente de mis botines negros, que sobresalían imprudentes bajo el ruedo demasiado corto. Tanto se rió que Bela tuvo que reprenderlo, lo que no le impidió seguir haciéndome muecas por detrás de la criada.

A punto ya de salir, con el coche listo y esperándonos en la vereda de entrada, fui testigo de una escena absolutamente lamentable. Ante los ruegos insistentes del chico, que había decidido por su propia cuenta participar de la velada, Mr. Lind montó en cólera y, agarrando la fusta que colgaba detrás de la puerta de la sala, la emprendió a fuetazos contra su hijo. Lo exageradamente violento de su reacción me congeló el habla. La furia que destilaban los ojos del patrón hizo gritar a Miss Susan y retroceder a Bela, totalmente aterrorizadas ambas. El chico intentaba en vano esquivar el ataque con el brazo. Impulsivamente, avancé unos pasos y, antes de que pudiera volver a recaer la fusta sobre la piel enrojecida, atraje a mi alumno hacia mí y lo encaminé, sin pensarlo dos veces, hacia su dormitorio.

A mi regreso, ya estaban instalados en la berlina. El cochero me ayudó a montar y fui a sentarme en silencio junto a la señora, que me apretó discretamente la mano. Con el rostro vuelto hacia la ventana, Mr. Lind no nos dirigió la mirada durante todo el viaje.

En el vestíbulo de la residencia nos esperaba el mayordomo de los O'Hara, visión que hizo exclamar a mi patrón en un intento por despejar la tensión: —Hay dos cosas que los británicos jamás olvidan al preparar las maletas para emigrar a las colonias: el té y el mayordomo.— Reprimí la sonrisa que me subió a los labios, esforzándome por mantener una falsa neutralidad en la cara.

El médico resultó ser un francés de unos treinta años, establecido desde hacía poco en Arroyo. Su inglés es muy correcto, aunque marcado por la inevitable erre de garganta. Me pareció, además de cortés y bastante apuesto, algo tímido y más que medianamente inteligente.

Mientras platicábamos, se nos acercó un joven criollo de nariz larguísima y barbilla sorprendentemente chata, que me fue inmediatamente presentado. Se llama Alvaro Beauchamp, es hijo de francés con española y destila una bondad desarmante. Al poco rato, se nos unió su hermana Ernestina, igualmente afable, quien me dio, sin que mediara pregunta alguna de mi parte, algunos detalles sobre la vida de Fouchard. Su hermano y el doctor se habían conocido en París, donde cursaban ambos su medicina, gracias a un estudiante caborrojeño que el segundo frecuentaba desde sus años escolares en Toulouse. El interés de Fouchard por las enfermedades tropicales lo había traído hasta Guadalupe, desde donde se había trasladado, a instancias de Beauchamp, a Puerto Rico. El brillo de los ojos de Ernestina y el franco entusiasmo de su voz al hablar del amigo de su hermano me hicieron pensar que la presencia del francés en la isla podía obedecer a más de una razón.

Entre copas y entremeses, la conversación giró en torno a los ya remotos sucesos de *Saint-Domingue* —ahora Haití— y los no tan remotos de las Antillas Francesas. Los hacendados presentes no disimulaban la inquietud que les causaba la posibilidad de un levantamiento africano, amenaza que los comerciantes preferían minimizar. Con sumo tacto, Fouchard se las ingeniaba para no tomar partido en la discusión, actitud que consideré muy prudente en un recién llegado. —Dios salve a la reina Victoria y nos libre de catástrofes políticas y naturales— dijo, a modo de brindis, el vicecónsul, con el sentido amén de la concurrencia.

Las hermanas de Mr. O'Hara habían previsto un *tableau*, para cuyo éxito se contaba con la activa participación de los invitados. Me encogí en la butaca en caso de que a alguien se le fuera a ocurrir la infame idea de incluirme en el reparto. Mis temores, por desgracia, no eran infundados.

La trama, bastante predecible y necia, tenía por protagonista a un viudo muy acaudalado que buscaba el amor "sincero y desinteresado" de una mujer. Con tan buen partido en perspectiva, las candidatas, por supuesto, no escaseaban. Con la ayuda de su hijo, el hombre se las ingenia para ir descartándolas a todas según éstas van desnudando sus viles defectos. Al borde ya del desaliento, el viudo (interpretado por el pobre Doctor Tracy) se dirige a las distinguidas damas presentes, entre las cuales se encuentra —le han dicho—, pura e incorruptible, la Esposa Ideal. En el papel estelar del hijo, Mr. Reed —capitán al mando de una de las goletas de Mr. Lind— propone entonces que desfilen por el "escenario" todas y cada una de las jóvenes solteras (seis, incluyéndome) para ser entrevistadas y apreciadas por el pretendiente con la amable colaboración de los caballeros espectadores.

Me vi tentada a levantarme y, con cualquier excusa baladí, abandonar la sala antes de que llegara mi turno. Pero mi cobardía pudo más que mi sentido del ridículo y aguardé, en una agonía indecible, el momento fatal. Para mi desgracia, fui la última en desfilar, luego de que Miss Buckmar, Miss Balestière, Ernestina Beauchamp y las extrovertidísimas cuñadas de Mrs. O., Lorna y Diana, hubiesen exhibido sus múltiples y deslumbrantes talentos.

Con manos y labios temblorosos, me sometí pues a la tortura de la mirada pública. El Doctor Fouchard, quien lucía aún más incómodo que yo, me lanzó una guiñada de apoyo que agradecí con una tenue sonrisa.

—Tal vez debería ser nuestro flamante *petit docteur* quien interrogue a Miss Jane —se apresuró a decir la siempre inoportuna Mrs. O. Podría haberla asesinado con la mayor sangre fría si se hubiese presentado la ocasión. Para mi más profunda turbación, no fue el aludido quien recogió la consigna de la anfitriona. Antes de que el tímido Fouchard pudiera ponerse de pie, la voz grave de Mr. Lind resonó, sobreponiéndose al alegre barullo, entre las paredes de la sala:

—Declaremos vencedora por aclamación a una candidata que no tiene que hablar para justificar su victoria.

Un golpe de sangre hirviente acudió violentamente a mi cabeza, comprometiendo el equilibrio de mis piernas. El aplauso general cerró el enojoso episodio, facilitando mi rápido retorno a la butaca salvadora. Mientras recibía las felicitaciones efusivas del francés, sentí en el cuello el calor de una mirada que no tuve el valor de enfrentar.

LA MUSA

Aprovechando la ausencia del padre y en claro desafío a las órdenes de la madre, Charlie se marchó hoy a ver a

Carolina —la negra que lo amamantó hasta los tres años— que está, tal parece, muy delicada de salud. Temerosa de las consecuencias, Bela vino a darme la queja. Rehusé terminantemente intervenir en el asunto. Mi silencio, sin embargo, fue interpretado como una especie de consentimiento tácito, lo que podría merecerme la censura de mis protectores. El riesgo de convertirme en cómplice de un chico tan propenso a la desobediencia no debe ser subestimado.

Dediqué el tiempo libre que me dejó la fuga de Charlie a clasificar los libros de la biblioteca, colocados según el capricho de su única lectora. Hay una impresionante colección de literatura francesa y británica. Las portadillas llevan casi todas las iniciales SWM que nunca ha querido abandonar Miss Susan. Algunos son regalos de Mr. Morse y tienen largas dedicatorias firmadas, en todos los casos, "tu afectísimo padre".

Al abrirse uno de ellos —un tratado de Mary Wollstonecraft sobre la igualdad de los sexos— cayó sobre la mesa un boceto a lápiz de la silueta esbelta de Miss Susan, vestida con el atuendo griego de una de las nueve Musas. La señora se ufana a menudo de haber posado para un cuadro similar, ahora famoso, pintado por su padre.

¡Cuán absurda me pareció entonces la existencia que el destino le ha deparado a mi patrona! ¡Cuán justificado su *mal de vivre,* su indiferente entrega al tedio cotidiano! Ha abandonado la modernidad, el furor citadino, el fermento intelectual de su crianza para consumirse, como el sinsonte que le regaló su esposo el día de la boda, en el letargo perpetuo de una jaula dorada. ¡Cuán poderoso ha de ser el imán que la mantiene en ella, debilitando cada día más la fuerza inútil de su aleteo!

Aunque me conmueve plenamente el sacrificio de esa renuncia, un sentimiento oscuro corre paralelo a mi lástima. Yo también me hallo presa por voluntad propia pero la pérdida de mi libertad obedece a causas mucho menos sublimes.

21

Algo parecido a la envidia asoma por momentos a mi alma.

SECUESTRO

Hoy fui víctima de una extraña broma de Charlie con poco o nada de divertido. Estábamos ambos en el jardín, sentados en mi banco preferido bajo la glorieta, cuando, tomando de repente mi mano entre las suyas, dijo con gran urgencia en la voz: —Venga, venga, tengo algo interesante que mostrarle.— Mordida por la curiosidad, lo seguí sin vacilar. Me llevó hasta una caseta de ladrillos que ocupa de noche un vigilante y me invitó a entrar en ella, haciéndose a un lado para permitirme pasar. Debí haber sido menos ingenua pero el deseo de conocer el "algo interesante" prometido pudo más que el sentido común.

Súbitamente, sentí que la puerta se cerraba, confinándome al reducidísimo espacio entre los cuatro muros macizos. El calor era sofocante: las pequeñas aperturas que hacían las veces de ventanas apenas dejaban circular el aire.

Afuera no se escuchaba más que la risa incontrolable de Charlie. —¿Qué le parece su nueva habitación?— inquiría, burlón, mostrándome su rostro contorsionado por la hilaridad. Traté de mantener una calma que estaba lejos de sentir y le ordené fríamente dejarme salir. —Me voy de viaje— respondió, sin deponer la insolencia del tono —y cuando regrese, quiero que me tenga lista la cena.— Con esas insolentes palabras, me abandonó a mi suerte por un lapso de tiempo que la rabia y la impotencia prolongaron hasta el infinito.

No sé cuántos minutos, horas, siglos más tarde, sentí en mi frente ardiente un soplo de aire fresco y vi que la puerta se abría poco a poco como por arte de magia. La figura alta de Charlie apareció de pronto en el umbral. Dispuesta a abofetearle, a arañarle el rostro, a vengar la afrenta humillante, me abalancé sobre él. Con un gesto rápido y preciso, detuvo mis manos levantadas, cruzándomelas tras su espalda y forzándome, por pura energía bruta, a enlazar su cintura.

En esa posición, tan incómoda como vergonzosa, me mantuvo por espacio de algunos minutos. Por fin, en una voz muy baja que no podía ocultar la emoción, dijo: — Perdóneme, Miss Florence: sólo quería hacerle comprender lo que es la vida para un prisionero.

Sus brazos se aflojaron. Sus labios temblaron y el llantó brotó libre de sus ojos. Entonces, echando a un lado los resentimientos, fui yo quien lo apreté contra mi pecho.

VISPERA DE VACACIONES

Se fueron ayer, muy de madrugada. El siempre atareado Mr. Lind no pudo o no quiso acompañarlos al puerto. Mi patrona lucía radiante; su amplia sonrisa delataba la alegría de partir al continente. En cambio, la seriedad de mi alumno a la hora de decirme adiós me pareció bastante sospechosa. Presa de un dramático ataque de melancolía, Bela no quiso salir al balcón.

Al alejarse el coche, entré —atraída por el olor a buen café— en la cocina, donde me la encontré llorando junto al fogón. Secándose las lágrimas en el delantal, me hizo entrega en seguida de una carta. En ella, la señora me notificaba muy parcamente los arreglos que había hecho para que yo me tomara unas "merecidísimas vacaciones" en Ponce como huésped de los Salomons. El cochero estaba ya prevenido y la fecha de mi partida dispuesta. Tenía exactamente día y medio para los preparativos.

La decisión de la señora —tomada sin siquiera haberme consultado y anunciada por escrito— me dejó perpleja. Por un lado, no cesaba de tentarme la idea de abandonar —aun por un breve lapso— el universo angosto de *La Enriqueta*.

23

Por otro, la perspectiva de caer en las mullidas garras de "La Pareja Real" —con todo y encopetado *collie*— me hacía poca o ninguna gracia. Como, a todas luces, no parecía tener otra alternativa, opté por hacer de tripas corazones.

Las lluvias torrenciales de los últimos días han inundado la parte baja de la hacienda y detenido los trabajos. Mr. Lind va y viene, víctima de un malhumor crónico y una jaqueca que, según Bela, sólo pueden quitarle dos tragos de ron y un té de lechugas. Yo también me he sentido algo indispuesta. En definitiva, el clima tropical —cambiante e insalubre— no nos sienta.

Estaba yo en la cocina por la tarde, asistiendo —más por aburrimiento que por obligación— en la confección de dulces y refrescos para llevar de obsequio a Ponce, cuando Joseph, el mayoral y hombre de confianza del señor, llamó a la ventana. Bela sacó la cabeza y hablaron un rato en el *patois* de las islas inglesas. Vi que ella se persignaba tres veces antes de hacer entrar al pobre hombre enchumbado. Acto seguido, ambos intentaron depositar sobre mis hombros la ingrata responsabilidad de anunciarle al amo la fuga de una partida de siete esclavos. Ante mi vehemente negativa, Bela volvió a persignarse, intercambió miradas de angustia con Joseph y se dirigió hacia la sala.

Hasta los barracones llegaron los gritos de Mr. Lind. A pesar de lo absurdo que resultaba ir tras las huellas de los fugitivos bajo la catarata implacable que bajaba del cielo, Joseph tuvo que despachar dos bandos hacia las rutas más probables: la costa guayamesa de Jobos y los empinados cerros arroyanos. El señor mismo ensilló su caballo y, mandando al diablo la jaqueca, se puso a la cabeza de uno de los bandos.

Con el ánimo bastante decaído y el cuerpo cortado, me retiré temprano. Acomodé los frascos en mi ligerísima valija y me puse a terminar unos calcetines para Mr. Salomons. El malestar que venía apoderándose de mi cuerpo desde la mañana me hizo dejar a un lado el trabajo y recostarme en la cama. Tenía la frente muy caliente y un enorme cansancio.

Debí haberme quedado dormida, así, vestida como estaba, porque, de pronto, desperté con un sobresalto. El reloj del comedor tocaba las doce campanadas. No había cesado aún de llover y, cuando fui a cerrar la ventana, abierta de par en par, un frío húmedo y pegajoso atravesó mis pies descalzos.

Volví a dormitar muy agitadamente, despertándome con frecuencia para enjugar el sudor glacial que cubría mi rostro. En ese estado intermedio entre el sueño y la vigilia, me costó distinguir del silbido del viento el lejano ulular de los perros y el retumbe de los cascos de los caballos. No sé cuánto tiempo transcurrió antes de que crujiera la madera bajo unos pasos lentos que se detuvieron a poca distancia de mi puerta. Contuve la respiración y no volví a exhalar hasta que los pasos reanudaron su marcha y sentí el rumor, discreto e inequívoco, de un pestillo pasado suavemente por el ojillo de hierro.

Hoy he amanecido peor y Bela ha mandado a anular mi viaje.

FIEBRE

Mientras duró la extraña dolencia que me mantuvo en cama durante casi un mes y aún ayer daba señas de no haber batido totalmente la retirada, sólo los sobos, los guarapillos y las santiguadas de Bela traían algún alivio a mi cuerpo estremecido por la calentura. Inquieto por la deteriorada salud de su empleada, Mr. Lind convocó de urgencia al Doctor Tracy, quien, pese a su veteranía, se declaró incompetente para lidiar con males tropicales. El Doctor Fouchard estaba de viaje. La ciencia tuvo pues que ceder el terreno a los secretos de la curandería.

Como las múltiples ocupaciones del ama de llaves le impedían consagrar más tiempo al cuido de la enferma, una nueva criada, recién ingresada —por órdenes del dueño— al ejército doméstico, tomó su lugar junto a mi cabecera. Se llamaba Selenia, era alta y bien formada y llevaba suelta y alborotada la cabellera crespa de mulata. Callada y de mala gana, permanecía sentada frente a la ventana de mi pequeña alcoba bajo la corriente de aire salobre que alzaba las frisas de mi cama.

Por alguna razón, opaca para mí, Bela le declaró la guerra en seguida. Incapaz de mover una mano para pedir silencio y calma, yo tenía que presenciar sus agrias disputas por cualquier minucia con mi displicente guardiana. Esta le respondía altanera con un estribillo más que exasperante: —Para eso no fue que me trajo Mr. Lind a su casa.— En varias ocasiones, Bela tuvo que abandonar la habitación precipitadamente para no abofetearla mientras la otra esbozaba una sonrisa de satisfacción y me enfriaba el alma con la indiferencia glacial de su mirada. ¿Cómo es posible tanta belleza y tan poca compasión en una misma cara? ¿Será cierto, como dice Mr. Lind, que esta raza híbrida de las islas ha nacido sin alma?

Nunca me había sentido tan absolutamente sola y aban-donada a mi suerte como durante el curso de aquel endia-blado mal. Selenia aprovechaba la menor ocasión para escaparse y yo pasaba la mayor parte del tiempo flotando entre los delirios de la fiebre y la agitación del sueño. En las alucinaciones que padecía se mezclaban descabelladamente los más diversos episodios de mi vida pasada con los de mi estadía en estas tierras: un Charlie burlón venía a mos-trarme sus cuadernos garabateados de indecencias; sentado junto a la almohada, mi difunto padre acariciaba suave-mente mi frente mojada.

Una noche, en medio de la confusión que provocaba en mi mente el estado lamentable de mi cuerpo, tuve la aguda impresión de escuchar las notas ascendentes de una loca carcajada. Volví los ojos ardientes en busca de la silueta familiar de la criada. La habitación parecía estar vacía; sin embargo, seguían hiriendo mis oídos sin piedad aquellos chillidos provocadores, contrapunteados intermitente-mente por los susurros de una voz más ronca. Siguiendo el rastro tenue de un rayo de luna que se filtraba por la ventana entreabierta, mis ojos bajaron hasta el suelo, se arrastraron por el espacio semioculto al pie de la cama. Con la ingravidez de una aparición, surgieron en la oscuridad las piernas desvestidas de una mujer y un hombre, confundidas en un abrazo obsceno sobre las pajas trenzadas de la alfombra.

Me dejé hundir, sin resistencia, en las aguas profundas del desmayo. Cuando volví en mí, todo era silencio y mi cuerpo temblaba furiosamente de arriba a abajo.

CONVALECENCIA

Con el tiempo, cedió la fiebre pero no así la extrema debilidad que había dejado a su paso. Había perdido mucho peso y toda la fuerza que alguna vez habían tenido mis huesos arrasados. Apenas podía moverme y el solo pensamiento de levantarme me provocaba náuseas y mareos.

Selenia había encontrado un entretenimiento para amueblar el tiempo. Aprovechando mi absoluta incapacidad para formular la menor protesta, la muy ladina rondaba libremente por la habitación abriendo y cerrando cajones, manoseando objetos del tocador, hurgando en bolsillos y calzándose mis botines, que le quedaban, desgraciadamente, exactos. —Miss Susan tiene mejor gusto— osó murmurar una mañana al repasar los pocos vestidos que colgaban modestamente en la percha del armario abierto.

Yo asistía a estas desfachatadas violaciones de mi pequeño mundo con total impasibilidad, no tanto por firmeza de carácter como por falta de energías para demostrar mi descontento.

La eficacia de los caldos de gallina recetados por la sabia Bela pronto quedó evidenciada. Con suma lentitud fueron retornando el color a mis pálidas mejillas y la vida a mis gestos desvalidos. Ya podía, con la ayuda de dos cojines, incorporarme en la cama y refugiarme en la lectura refrescante de una novela de Charlotte Brontë. Así lograba sustraerme por breves lapsos a las calculadas insolencias de mi acompañante.

Tan acostumbrada estaba ya a la soledad, interrumpida únicamente por las visitas esporádicas de Bela y subrayada por las ausencias cada vez más frecuentes de Selenia, que me sobresaltó escuchar un día unos toques decididos a mi puerta. Al sobresalto se añadió la confusión cuando, otorgando el permiso solicitado, vi detenerse en el umbral la figura imponente de Edward Lind, con la camisa húmeda pegada al pecho y el pantalón salpicado de barro. Sin más saludo que el que brindaba su sonrisa, cruzó hasta el lecho y anunció con aire falsamente solemne:

—Miss Florence Jane: la declaro sobreviviente de la fiebre amarilla. Tiene fibra de mujer africana, no pensaba que fuera usted tan fuerte.

El piropo burlón me hizo venir la sangre al rostro. Mi desconcierto creció al notar que el señor paseaba sin disimulo los ojos por mi cuerpo expuesto, bajo el camisón de lino, a la curiosidad de su mirada.

Cambié la vista torpemente. Afuera, una llovizna fina bajaba del alero para insinuarse oblicua por la ventana. La voz grave de Mr. Lind reclamó de nuevo mi atención, haciéndome caer de golpe en el pozo sin fondo de sus pupilas dilatadas:

—El clima de estas islas es obra personal del diablo. Si no llueve, nos mata la sequía; y si llueve, morimos inundados.

Sin saber qué responder, me alisé con una mano los cabellos despeinados. Todo comentario me parecía banal, innecesario. El señor se inclinó, tocó mi brazo muy levemente con su mano, sin la menor presión, como un roce furtivo de gato. Y, sin perder un solo instante la sonrisa, dijo, antes de volverme la espalda:

—Cuídese mucho, Miss Florence. A ver si un día de estos aprende a montar a caballo.

Sólo entonces me percaté de la presencia de Selenia, arrinconada junto a la pared tapizada, extrañamente tensa y muda, con la mirada fija en la puerta, ahora abierta de par en par.

VISITA

Ayer bajé por primera vez al jardín, sintiéndome como si hubiera resucitado. Tomé la precaución de envolverme en una manta para evitar el riesgo de una recaída. Todo lucía diferente; las lluvias han avivado los colores del follaje y el cielo brilla ahora más límpido y claro. La temperatura parece haber refrescado y ha de ser seguramente porque los árboles de sombra han espesado. Desde mi banco de mármol, dejé transcurrir el tiempo, bañada por la frescura del aire e invadida por un dulcísimo letargo.

Bela vino a interrumpir mi *rêverie* y a anunciarme la gratísima llegada de un visitante. Poco después, apareció el rostro amable del Doctor Fouchard, quien me saludó con una de sus guiñadas. La frecuente repetición de éstas me hizo concluir que se trataba de un tic nervioso, producto de su extrema timidez en presencia de las damas.

—Mi querida Miss Florence —dijo con trémolos en la voz— ¡qué alegría verla ya tan repuesta!

Entonces me explicó, con lujo de detalles superfluos, algo que ya me había informado el Doctor Tracy: que había tenido que viajar súbitamente a Guadalupe para terciar en un litigio de herencia y que, por tal razón no había podido atenderme personalmente durante mi enfermedad y larga convalecencia. Insistía tanto y con un aire tan perfectamente contrito que no me quedó más remedio que echarme a reír. Mi irreflexivo gesto alivió, de alguna manera, la tensión y facilitó el flujo de la plática, que se extendió por más de dos horas. Apenas sentí pasar el tiempo, embebida como lo estaba en los fascinantes relatos de la vida de médico que tan hábilmente tejía, para divertirme, René (así me ha rogado encarecidamente que le llame). Llegado el

29

momento de despedirnos, dijo con un nuevo acceso de timidez que le hizo tartamudear y atropellar las palabras:
—Si no tuviera miedo de fatigarla, me atrevería a proponerle una caminata.

No creí prudente aceptar de inmediato la invitación y pedí su posposición para la mañana siguiente, a lo que él accedió de buen grado. No quiso de ninguna manera que yo abandonara mi asiento para acompañarlo hasta el portón y se retiró tan discretamente como había llegado.

Cuando la caída del sol me obligó a buscar el refugio de la sala, supe por Bela que el señor se había marchado a Hamburgo, donde tiene parientes y negocios, hacía más de una semana. Esa noche, cené sola en el comedor, sobrecogida por el silencio que reinaba ahora, sin rival, entre las paredes de la casa.

PASEO

El cochero del doctor nos llevó, por una carretera tan bella como estrecha, hasta las orillas del río Guamaní, donde un inmenso mercado al aire libre ofrece toda suerte de productos para beneficio de los habitantes de los campos.

Mi acompañante parece conocer la región como si llevara en ella buena cantidad de años. Sus recuentos del incendio que devastó a Guayama hace más de dos décadas y de la epidemia de cólera que, poco antes de mi llegada a la isla, decimó brutalmente la población de esa ciudad, supieron reclamar mi atención a tal punto que perdí toda consciencia del lugar y del momento. Sentados sobre un peñón rojizo sembrado en el mismo medio de la corriente, ajenos al regateo febril de la gente, conversábamos animadamente mientras el mediodía avanzaba a nuestro encuentro. Percatándose súbitamente de la hora, René me hizo señas de que lo esperara y fue a comprar pan, queso y frutas para un

30

pequeño almuerzo.

—¿Qué la ha traído a estas tierras, Florence? ¿Por qué o por quién cambió usted el invierno? —dijo, tendiéndome una naranja, pelada a la francesa y con los gajos tentadoramente abiertos.

Tomé la fruta y atajé su pregunta con los hombros: —No suelo hablar de mi pasado; no hay en él nada digno de recuerdo.

La sonrisa de René me desarmó:

—Olvidemos pues el pasado —dijo suavemente. — Considero un privilegio que me deje figurar en su presente.

CONFIDENCIAS

Nuestras caminatas se han convertido en una rutina agradable que rompe el tedio. Temo, en cambio, que para René hayan cobrado un valor insospechado. Dando muestras de una total confianza en mi capacidad para el secreto, me ha confiado sus cuitas de amor incorrespondido. Se ha guardado muy bien, no obstante, de revelar el nombre de su amada y yo, por supuesto, no se lo he preguntado. Algo me dice que no se trata de Ernestina Beauchamp, de quien me ha hablado poco y sin mucho entusiasmo.

Hoy ocurrió un incidente que me reveló otro rincón oculto de su alma. Obediente a los decretos de Miss Susan, yo jamás había franqueado el seto de enredaderas del jardín para tomar el sendero del "batey", como llama Charlie a la plazoleta de tierra donde se alzan las viviendas de los negros. En mis andadas, escogía siempre el camino contrario, el que conduce, a través de un bosque de altísimas palmas, hasta la orilla misma del mar. Eran poco más de las seis cuando, a instancias de René, tomamos el atajo que nos obligó a cruzar a todo lo largo de los cuarteles. Con el pretexto del cansancio, mi acompañante prefirió adentrarse en aquel lugar inhóspito y maloliente de cuya vida yo no conocía sino los ecos de voces y tambores que me llevaba el viento ciertas noches.

Un fuerte olor a bacalao se había apoderado del ambiente. En grandes calderos de hierro, hervían plátanos y guineos verdes. Una vieja encorvada con un pañolón rojo atado a la cabeza removía lentamente la especie de polenta mezclada con agua que llaman "funche" y que, rociada de azúcar, acompaña, aun en casa de los amos, muchos platos.

Las palabras de René, antes melosas mientras me develaba sus sentimientos profundos, tenían ahora una dureza extraña. Toda ternura había abandonado sus ojos, que me miraban fijos, sin la fugaz interrupción de una guiñada.

—Es curioso que no se les llame por su verdadero nombre: esclavos, como si nos obstináramos en negar su condición, como si al evitar nombrarla lográramos esquivar todo el horror que esconde. Pero ¿qué son sino eso? Laboran en los campos de sol a sol; viven encerrados y amontonados como las bestias; sufren en carne viva castigos que podrían avergonzar a los bárbaros; van, vienen, respiran al ritmo que les toca nuestra sola voluntad...

Nos habíamos detenido al borde del camino que llevaba a la casa. El semblante hosco de mi amigo me inquietaba. Entreabrí los labios para expresar mi deseo de regresar pero volví a apretarlos al ver que René había girado sobre sus talones y observaba atento el cerco de cañaverales que rodeaba el batey. Como en respuesta a su mirada, un largo cortejo de hombres y mujeres harapientos, cuyos pies descalzos, manchados de fango, tropezaban unos con otros en la torpeza de la fatiga, comenzó a desfilar lentamente hacia nosotros. Mi corazón se puso a latir con una violencia inusitada. Alcé el rostro hacia mi acompañante, una airada interrogación en los ojos.

—Mire, mire bien, Florence —dijo, inclinando la cabeza para rozar casi mi oreja. —Estos son los que sazonan nuestro café.

Mi vista recayó fatalmente sobre aquellos torsos escuálidos, aquellas espaldas marcadas, aquellos rostros hostiles y sombríos que parecían salidos de las galeras del infierno. Con un ansia acuciante de borrar la dolorosa fealdad de aquella escena que la luz desfalleciente de la tarde se empeñaba en alumbrar, me apresuré a perderme por la vereda del regreso. René me siguió y no volvimos a cruzar palabra hasta que nos encontramos nuevamente en el círculo mágico de los jardines.

Curioso ser, este hombre capaz de desnudar su corazón y aún permanecer en el misterio. Mientras más intento persuadirme de lo irrazonable de mis sospechas, más me atormenta la incertidumbre. ¿Será el Doctor Fouchard uno de esos jóvenes idealistas que predican la libertad de los negros? Sus oscuros orígenes, sus intrigantes idas y venidas, su vibrante denuncia de la esclavitud, todo quiere apuntar hacia esa conclusión perturbadora. Y si mis temores son infundados, ¿por qué arriesga nuestra amistad con un comportamiento que amenaza no sólo mi posición sino la de mis protectores?

Mañana, cuando venga a procurarme, Bela habrá de decirle que no estoy.

REGRESO

Ha llegado Miss Susan, cargada de fastuosos *bibelots* para sus escaparates de caoba y cristal, una nueva vajilla de loza de la China y dos enormes jarrones de ágata de Italia. Ha tenido la delicadeza de traerme —a pesar de diferir notablemente de mis predilecciones literarias— dos novelas de George Sand. Subiendo los escalones de dos en dos, Charlie proclamaba a voz en cuello su alegría de volverme a ver. En su avidez por entregar los regalos, desgarró sin querer una de las portadas.

Detrás del hijo, apareció, bastante repuesta de su anterior delgadez, la señora en persona. Era la primera vez que se dignaba a entrar en mi habitación; así pues, imaginé que venía a consolarme por mis padecimientos del verano. No tuve, sin embargo, ese gran honor. Estuvo un rato largo contándome, con profusión de detalles, sus actividades en *Locust Grove* y una que otra escapada a Nueva York para asistir con los Overmann al teatro y la ópera. —Una va perdiendo la sensibilidad a fuerza de no ver más que negros y caña— suspiró, recostándose sin miramientos sobre mi almohada.

Con una total ausencia de recato que hallé a la vez chocante y halagadora, procedió a descargar en mis oídos su pecho atribulado. Como no acostumbro a escuchar las intimidades de mis superiores, temí que mi incomodidad le resultara demasiado obvia e hice esfuerzos por ocultarla.

Reveló, con evidente nostalgia del hogar paterno, que nunca antes había permanecido por tanto tiempo junto a Mr. Morse. Las mudanzas infinitas, la viudez prematura y la personalidad algo inestable del genio habían privado a Miss Susan de su protección durante muchos años. Infancia propia no se podía decir que había tenido, prosiguió con un ligero endurecimiento de los labios, obligada como lo había sido a abrazar sin protestas el papel de madre sustituta para sus dos hermanos. El padre itinerante ni siquiera había estado presente cuando zarparon ella y Edward, tras la boda en Nueva Haven, con rumbo al sur de Puerto Rico. Mi patrona pausó, conteniendo a duras penas las lágrimas.

Yo guardaba silencio, apretando entre mis manos nerviosas un pañuelo sudado que no creí prudente ofrecer. Entonces, tan súbitamente como habían comenzado a fluir sus palabras, Miss Susan abandonó mi habitación con una despedida atropellada. El chico, que había presenciado todo el tiempo en silencio el recital de las cuitas de su madre, vaciló un poco junto a la puerta, pendiente a un gesto mío para quedarse.

Mis pensamientos fueron dictados durante los días siguientes por aquella desconcertante escena. No podía apartar de mi mente la imagen de la niña triste, crecida demasiado pronto y convertida ahora, por una cruel ironía de la suerte, en esposa igualmente solitaria.

¿Había tenido Samuel Morse sus dudas antes de aceptar aquella boda tan repentina de su hija con el extranjero que había conocido sólo un año antes en la casa de verano del tío Charles Walker? ¿Le habría disgustado la idea de que Miss Susan se fuese a vivir tan lejos del mundo civilizado, en una isla sujeta, entre otros males, a terremotos y huracanes? ¿Le habría traído entonces la necesaria consolación el saberla futura dueña de una próspera hacienda de más de mil cuerdas, un molino de viento, una máquina de vapor y ciento sesenta esclavos?

Me encuentro, más a menudo de lo que quisiera, reviviendo pedazos de existencias ajenas, a veces más intensos, más vivos, más reales que estos vacuos capítulos de la mía.

INVITACION

Fue Miss Susan quien decidió —sin consultarme, como siempre— que yo estuviera presente. Tenía tantos deseos de decírmelo que interrumpió mis monumentales esfuerzos por captar la siempre prófuga atención de Charlie para que leyera conmigo unas páginas de Milton.

—¿Sabe quién viene para acá tan pronto como el próximo domingo? —preguntó con el regusto del suspenso en el tono. Pensé inmediatamente en Mr. Lind, que debía regresar de Europa ese mismo fin de semana. La dejé contestar, como era su intención, a su propia pregunta. Pues bien: se trataba nada menos que de Adelina Patti, la diva operática que, con sus reputadísimos trinos, había sabido seducir a todo el Viejo Continente. —Acompañada, claro está —añadió sin que en nada amainara su entusiasmo— por el gran Moreau Gottschalk.

Mi escasa cultura mundana me impidió compartir la intensa emoción que, a todas luces, estaba viviendo mi patrona ante la posibilidad de recibir *chez elle* al célebre virtuoso del piano, gloria de la Louisiana. Lo que me aceleró el pulso de manera singular fue el discurso que se apresuró a soltar, probablemente para no darme tiempo a preparar mi andanada defensiva. Comenzó por reprocharme la "excesiva timidez" que me mantenía alejada de recepciones y fiestas como si en ellas fuera a atrapar "la peste bubónica". Procedió entonces a recordarme, con muy poco tacto, que, *a mi edad,* nunca estaba demás exponerme al roce social y la eventualidad de hacer nuevas amistades. Luego se fueron tornando más firme su voz y más serio su semblante. Concluyó su sermón con una declaración más parecida a un mandato: que, en definitiva, ninguna excusa podría eximirme de lo que consideraba, sin exageraciones, un sagrado deber a ser cabalmente cumplido, si no por docilidad, al menos por consideración a la familia.

Mi asombro fue doble. Nada en el comportamiento anterior de la señora me hubiese dejado sospechar que tuviera tanto aprecio por mi humilde persona. Por otra parte, los exabruptos autoritarios de quien, hasta el momento, me había tratado de manera tan correcta me privaron absolutamente del habla. Cuando por fin pude hacer acopio de valor para interponer el debilísimo pretexto de la austeridad de mi ropero, la señora se me adelantó con un anuncio triunfal: ya me había mandado a confeccionar, a todo vapor y por una prestigiosísima costurera de Guayama, "el vestido perfecto". —Espero que no se moleste, querida Miss Florence —dijo, revirtiendo a su acostumbrada dulzura. — Para no incomodarla, hemos recurrido a las medidas de Selenia, que —como pronto verá— corresponden aproximadamente a las suyas.

La sola idea de lucir un vestido prácticamente cosido sobre el cuerpo de otra mujer (y más aún, siendo esa mujer la odiosa Selenia) me resultaba lisa y llanamente antipática. Pero juzgué el momento inoportuno y nulas las posibilidades de oponerme con éxito a la voluntad de la señora.

Acto seguido, Miss Susan me condujo hasta su habitación, donde pude admirar, en todo su esplendor, la fina artesanía y el corte impecable del "vestido perfecto". Demás está decir que la amable insistencia de mi patrona no me dejó más salida que la de deslizar resignadamente sobre mis caderas los pliegues generosos de aquel sueño en satén blanco. —Le ha quedado pintado —decretó, orgullosa de su fechoría y sonriendo con obvia picardía: —Parece una novia.

—El escote es un poco atrevido —me limité a observar, tratando de ocultar con las manos el nacimiento de los senos.

Miss Susan se rió de tan buena gana que, perdiendo el equilibrio, cayó sobre la cama y sepultó la cara en la almohada. De alguna manera, esa hilaridad suya me contrarió más que la obligación misma de asistir a la velada.

BRINDIS

Desde las seis de la tarde, los coches de las principales familias hacendadas del litoral guayamés estaban alineados a todo lo largo de la vereda de entrada. Un grupo de selectísimos vecinos, entre los que abundaban franceses y británicos, acechaba inquieto en los jardines la llegada de los homenajeados.

Poco después de las siete, un sirviente hizo sonar desde el balcón la campanilla de plata. Todos fueron subiendo, a pesar suyo, hacia la sala. Allí les anunció la anfitriona una noticia inesperadamente grata: la soprano y el pianista aguardaban ya en el comedor para dar inicio a la cena en su honor. Habían entrado de incógnito por la parte trasera, burlando tanta solícita vigilancia.

Desde mi posición intermedia en la mesa, podía dominar bastante bien los sucesos de uno y otro lado. Veía también, por el espejo del fondo, el discreto y diligente ir y venir de los criados.

Sentada entre su padre y un criollo joven que no le perdía ni gesto ni palabra, la Patti parecía una querubina cachetona y sonrosada. No sé si Moreau me impresionó más por el timbre poderoso de su voz o por su estatura admirable. Pero, más que hacia ellos, mi mirada resbalaba una y otra vez hacia quien, por su escasa presencia entre nosotros, consideraba ya casi como un extraño.

Afeitado, perfumado, con su gabán formal y su lazo al cuello, había adoptado un aire caballeroso y gentil que transformaba radicalmente su tosco aspecto cotidiano. Presidía la mesa con total corrección, inclinándose a ratos, ya para convidar a otra porción, ya para responder a una pregunta. En el otro extremo, acalorada y roja, Miss Susan no mostraba en absoluto la misma compostura.

La cena, pródiga en vinos y manjares exquisitos, se prolongó bastante. Mis vecinos inmediatos, que por cierto eran franceses, me ignoraron con esa mezcla de indiferencia y arrogancia que suele ser la especialidad al otro lado del Canal de la Mancha. La afrenta, que no fue tal, tuvo su gran ventaja: me permitió observar sin ser observada.

En más de una ocasión, mis ojos se encontraron con los de mi patrón. No sé si por efecto del vino, de la imaginación o de ambas cosas secretamente aliadas, leí en ellos la misma curiosidad que dirigía los míos. Algo incómoda por el osado regodeo de su mirada, no pude evitar el reflejo enojoso de colocar una mano sobre mi pecho, expuesto por obra y gracia del "vestido perfecto". Mi poca confianza en las percepciones confusas de aquel momento me impiden calificar la enigmática sonrisa con la que respondió a mi movimiento.

Llegada la hora del postre el señor pidió el *champagne*, que fue servido generosamente. Levantó su copa y supo hilar un elocuente brindis a la gloria de los artistas celebrados. Entonces, pasó revista uno por uno a los rostros femeninos y, deteniéndose muy deliberadamente —o, al menos, en mi extrema nerviosidad, así me pareció— en el mío, dijo con la voz súbitamente aterciopelada:

—Brindo también a la belleza femenina que, como el mar, nos rodea y, como el mar, es causa de tanta riqueza y tanta zozobra.

Mi copa alzada se estremeció ligeramente en el aire, derramando unas gotas sobre el mantel. Por suerte, el entusiasta aplauso que coronó la oratoria del anfitrión distrajo adecuadamente la atención de los comensales. A partir de ese momento, no volví a probar bocado, fijando mi vista nublada por el *champagne* tan sólo en el espejo.

Cuando nos trasladamos al salón de música para asistir al concierto, Miss Susan me tenía reservada una silla junto a la suya. —¿No le parece imperdonable la ausencia del Doctor Fouchard? —murmuró suavemente sin mirarme.

EXIT CHARLIE

Acabando de desayunar con mi alumno en los jardines esta misma mañana, asistí involuntariamente a una escena deplorable. La voz airada de Miss Susan nos llegaba a través del seto espeso de jazmines detrás del cual estábamos sentados. —¿Por qué esperaste tanto para decírmelo? — increpaba y, sin esperar la reacción de su interlocutor, para mí aún desconocido: —¡Que se vaya ahora mismo! ¡Que recoja sus trapos y se largue al cuartel de los negros de campo!

De momento, me asaltó la conciencia de estar escuchando una conversación que no estaba destinada a nuestros oídos. A punto ya de ponerme de pie para alejar y distraer la atención del chico, fui interrumpida en mi plan de fuga por la voz ronca de Bela. Con su habitual prudencia, formuló una pregunta que, a juzgar por el silencio con que fue acogida, no precisaba de respuesta: —Pero, Miss Susan, ¿qué dirá Mr. Lind cuando se entere?

Entonces sí me levanté y eché a correr, con falsa espontaneidad y la esperanza de ser perseguida por mi protegido, en dirección a uno de los lagos. Y, efectivamente, Charlie, que siempre por orgullo recoge el guante, no tardó nada en alcanzarme.

—A que no sabe —dijo, con un airecito decididamente malicioso, antes de haber siquiera recobrado el aliento —de quién están hablando.

—Ni lo sé ni me interesa —respondí, fingiendo más indiferencia de la que realmente sentía y añadiendo para la edificación moral de mi indiscreto alumno: —Y a usted tampoco debería interesarle.

El chico se rió, prefiriendo ignorar el dardo de mi ironía, y, tomándome ambas manos entre las suyas, dijo con una actitud que juzgué bastante insolente: —A veces, mi queridísima Miss Florence, tengo la impresión de ser yo su tutor.

El calor que sentí en las mejillas traicionó mi desconcierto. Solté sus manos precipitadamente y me incliné hacia el lago para tocar con los dedos un nenúfar. Mi alumno se recostó contra el tronco de una palma real, desde donde su voz burlona —que no era ya el falsete de antes sino un grave barítono inquietante— me llegó como aumentada por la calma de la mañana:

—Sepa usted, aunque prefiera no saberlo, que Selenia tiene la barriga hinchada y no precisamente de aire.

En ese instante, se me transparentó abruptamente lo que, por alguna razón que ignoro, seguía aún empeñada en negar: que este adolescente escéptico y *blasé* había cambiado de piel, había dejado de ser ya, para siempre, mi pequeño e inocente Charlie.

HURACAN

El escalofriante ulular del viento sobre los arrecifes de Dover no es medida de comparación para el aullido endemoniado de aquellas ráfagas que amenazaban con arrancarle el techo a la casa. Los negros habían sido encerrados con los animales, bajo fuertes trancas, en los dos barracones mejor asegurados. Los dueños de viviendas más frágiles vinieron a refugiarse entre las sólidas paredes de *La Enriqueta,* por mucho la más resistente de la vecindad.

Aun así, la casa temblaba de arriba a abajo, meciéndose sobre los pilotes que la sostenían de pie en el aire. Mientras Mr. Lind dirigía a los vecinos en un constante abrir y cerrar de puertas y ventanas cruzadas para canalizar, en lo posible, el curso de los ventarrones, Miss Susan sollozaba como una niña asustada en los brazos del orgulloso Charlie. El estruendo de la cristalería rota exacerbaba su desconsuelo. Con toda la inconsciencia de la juventud, el chico disfrutaba a sus anchas de lo que consideraba sobre todo como una gran aventura.

A pesar del terror que experimentaba, distraía mis nervios irritados al rojo vivo siguiendo muy de cerca los gestos y movimientos del señor. Con un incontenible despliegue de energía, estaba en todos los frentes, ocupándose del menor detalle. En pleno vendaval y contra las súplicas desesperadas de la señora, se enfrentó a la cólera de los elementos para atrapar, con sus propias manos, un caballo escapado. Mojado hasta los huesos pero victorioso, regresó a clavar tablas en las ventanas rotas de la segunda planta. Gracias a su hábil y valiente manejo, no hubo pérdidas mayores en la casa hacendada.

Acurrucada en un rincón, sintiéndome perfectamente desvalida e inútil, una y mil veces lo vi pasar junto a mí. Aunque sus ojos tropezaron con mi cuerpo en más de una ocasión, ni una sola palabra me dirigió, ni una sola señal de reconocimiento atravesó su cara. ¿Quién es este ser contradictorio y evasivo, este hombre impredecible que a la vez atrae y repele? Por más que lo intento, no logro juntar los retazos conocidos de su vida para obtener el fiel retrato. Su distancia puede ser glacial; su contacto abrasa como el fuego. Si me acerco, se aleja; si lo evito, me busca. Sólo en esos momentos fugitivos, tan temidos como añorados, borrosos ya en la luz oblicua de mi memoria, cobra más realidad su llama ardiente, existe su violencia junto a mi miedo.

41

ADIEU

Mrs. O. y sus cuñadas, venidas casi en delegación oficial a la hacienda, no tienen otro tema. La escandalosa noticia de la "huida" del Doctor Fouchard ha atravesado fulminantemente todo el litoral. Se especula —sin fundamento alguno, por cierto— en torno a las misteriosas razones que puede haber tenido para abandonar residencia y consultorio al amparo de la noche, sin despedirse de nadie, sin avisar siquiera a sus íntimos amigos, los Beauchamp.

—Asunto de faldas, no cabe duda —decretó Mrs. O. lanzando una mirada de conmiseración a Lorna —la hermana mayor del vicecónsul— cuya abierta infatuación con el médico francés era de todos conocida.

—No —repliqué automáticamente y sin medir las posibles consecuencias de mi torpe intervención. —René no es en absoluto ese tipo de hombre.

Al percatarse de que, en mi irreflexiva defensa del doctor, yo había evocado su nombre y no su apellido, Miss Susan se me quedó mirando, obviamente intrigada.

Mrs. O. no tardó en perseguir tan tentadora pista. —¿Ah, sí? —dijo, adoptando un tonillo burlón y fingiendo un desinterés que estaba muy lejos de sentir. —¿Y qué tipo de hombre era entonces, Miss Jane?, si tiene usted la bondad de iluminarnos al respecto...

Guardé silencio un instante mientras por mi mente desfilaban imágenes y palabras inolvidables que no tendría jamás ni el valor ni el derecho de revelar. Mi vacilación lució, por desgracia, tan sospechosa que me vi obligada a cubrir mi creciente incomodidad con un frívolo: "Demasiado tímido para mi gusto" que tuvo la fortuna de desviar la conversación hacia "la falta de osadía que aflige a los hombres de hoy" y las nefastas consecuencias de tal carencia anímica sobre "el estado civil de algunas damas".

Habiendo encaminado a Mrs. O. hacia uno de sus temas preferidos, bajé la vista para reanudar el tejido interrumpido. De soslayo, observé que Miss Susan seguía muy pendiente a mis reacciones.

Al redactar estos apuntes, una pena profunda me agobia hasta el punto de impedirme continuar escribiendo. Se ha desvanecido tal vez la única amistad sincera que he tenido en estas tierras. Si las causas de su partida son realmente las que pienso, quién sabe si no es mejor así, si no resulta preferible, a la postre, que nuestras almas, tan afines y tan diferentes, se hayan separado.

CUMPLEAÑOS

¡Cuán rápido es el tiempo y cuán lenta la percepción que de él tenemos! Los catorce años de Charlie marcan hoy el comienzo del final. Queda poco más de un año para que termine mi estadía en *La Enriqueta*, justificada ya sólo por las lecciones de francés, única materia que parece ahora interesar a mi alumno.

Con gran solemnidad, me ha anunciado sus planes de partir a París, donde piensa dedicarse a su gran pasión: la pintura. Me extrañaría que el padre permitiera la elección de una vocación tan precaria a su único hijo. Poca simpatía ha de tener por el arte Mr. Lind, que exhibe un talento sobrenatural para los negocios. En pocos años, ha multiplicado las dimensiones de su propiedad, adquiriendo no sólo los cañaverales de su hermana Henrietta sino los terrenos adyacentes de *La Concordia*. Por otro lado, la trata de africanos produce lo suficiente como para contravenir los azares del azúcar. Trabajo —y por lo visto, muchas lágrimas— costará al pobre chico persuadirlo. La férrea voluntad del padre tiene, ahora más que nunca, un pretexto muy concreto para ser ejercida: el porvenir de la hacienda y el almacén.

Para esta noche, Miss Susan había mandado a preparar una exquisita cena de cumpleaños. Cuando bajé, vestida de limpio, para ocupar mi habitual lugar en la mesa, madre e hijo esperaban con impaciencia a Mr. Lind, prevenido de antemano y, sin embargo, aún ausente. Mientras Inés —la muchachita que ha reemplazado a la expulsada Selenia en sus funciones— nos servía el aperitivo, hizo por fin su aparición el jefe de la casa.

Su mal humor era evidente. Ni siquiera subió a lavarse y así, sudado y sofocado, pidió que le sirvieran de inmediato la comida porque tenía imperativamente que marcharse. A preguntas de Miss Susan, respondió de mala gana que había rumores de un conato de rebelión en los cuarteles de Don Jacinto Cora y que los hacendados de la vecindad iban a reunirse de emergencia para tomar medidas contra un posible golpe concertado.

Charlie escondía con dificultad su disgusto aunque, por razones obvias, callaba. Perturbando impunemente el orden y la etiqueta de la cena, el señor atacó ante nuestros ojos el plato principal: cabrito en *fricassée,* acompañado por un aromático arroz con gandules. Acto seguido, se pasó por la barba la servilleta de hilo y, lanzándola —no sé si deliberada o inconscientemente— al piso, abandonó el comedor sin despedirse.

Seguimos comiendo en silencio, cada vez con menos apetito. Cuando, en un intento heroico por salvar la velada, Bela colocó en el centro de la mesa el enorme biżcocho de coco que había hecho ella misma en honor de su consentido, ya la celebración se había convertido en velorio: un extraño velorio sin difunto.

NOTICIAS

Hoy han llegado dos cartas a *La Enriqueta*. La primera, traída por Mr. Lind, anuncia el inminente viaje de Mr. Morse a Puerto Rico y ha bastado para poner a Miss Susan en un estado de extrema exaltación. La segunda ha venido hasta mis manos por vías más secretas.

Eran cerca de las cuatro de la tarde cuando, buscando la frescura salvadora, quise refugiarme en la galería. En eso, entró Bela con el inesperado anuncio de una visita. Poco después hacía su aparición Ernestina Beauchamp, considerablemente más delgada que de costumbre.

—Sé que le sorprenderá verme aquí —dijo con una voz muy débil y, sin más preámbulos, me hizo entrega de un sobre lacrado dirigido a mi persona. Vacilé un instante antes de intentar abrirlo. De pronto, sentí su mano, frágil y muy fría, sobre la mía. —Ya la leerá usted a solas —añadió, esbozando una tristísima sonrisa. Le ofrecí una silla, que aceptó en seguida. Su semblante demacrado traicionaba una salud precaria, hecho que vinieron a confirmar sus próximas palabras: —Me queda poco tiempo en Puerto Rico. Mi hermano ha hecho arreglos para mi ingreso en un sanatorio de los Alpes franceses. He venido a despedirme.

Su revelación me sorprendió menos que la razón de su visita. Nuestros encuentros habían sido pocos y nuestras relaciones muy superficiales. Lo único que teníamos en común era nuestra amistad con René Fouchard. Con la carta entre mis dedos, esperaba, impaciente, alguna explicación que justificara un comportamiento tan extraño. Esta no tardó en producirse.

—El hablaba siempre de usted: la distinguía y la admiraba.

No tuve que preguntarle a quién se refería. Me lo dijeron sus ojos, anegados en lágrimas. Fui yo entonces quien puso mi mano sobre la suya y ese pequeño gesto tuvo el poder de calmarla. Mandé a preparar el té y no volvimos a mencionar, durante el resto de su breve visita, ni el mal que la afligía ni su causa. El cochero la esperaba en la carretera; la acompañé hasta allí y permanecí junto al portal hasta que se asentó la nube de polvo que los caballos levantaron en su retirada.

En seguida, subí a mi cuarto para romper el sello de la carta. Era, cómo dudarlo, de René. Su fecha —de algunos meses antes— delataba la indolencia del correo español o la excesiva demora de una mensajera reacia a entregarla. Su remitente lamentaba las razones, incomprensibles para él, que habían motivado nuestra abrupta separación y explicaba las suyas para una desaparición tan desconcertante como misteriosa: "A la hora en que consienta usted a leer la presente, me hallaré muy lejos de Arroyo, rumbo a un destino incierto que ni yo mismo me atrevo a predecir. Con una celeridad que no me permitió el consuelo de los adioses, tuve que partir: mi presencia continuada en la isla, así como la naturaleza de las actividades que, en mi conciencia de hombre justo y librepensador, la justificaban, hubiera terminado por comprometer el bienestar de mis amigos y contribuir al regocijo de mis enemigos".

Sus palabras vibraban con la fuerza de los sentimientos más auténticos, despertando extraños ecos en los míos a pesar de la brecha insalvable que apartaba nuestras ideas: "Mi querida amiga: si tengo algún consejo que ofrecerle es que se salve, que abandone usted esa cárcel lujosa y placentera construida sobre los huesos de tantos seres. De lo contrario, la resplandeciente falsedad de ese mundo podrido minará su espíritu y su voluntad hasta convertirlos en bagazo de molienda".

La carta finalizaba con una despedida que supo conmoverme intensamente: "Reciba pues la certeza de un afecto que quiso haber florecido a tiempo. Jamás perderé la ilusión de volver a verla".

Los acordes estridentes de un vals vertiginoso resuenan en mi cabeza. El desconsuelo de Ernestina quiere inundar mi corazón.

EL PRODIGIO DE CHARLESTOWN

En la goleta *Estelle* de Long Island y acompañado por la esposa y los dos hijos de sus segundas nupcias, ha llegado desde Inglaterra, donde se encontraba de vacaciones, el egregio Mr. Morse. Desde las costas de Arroyo, avistaron en lontananza la bandera estadounidense, desplegada al viento sobre el techo a dos aguas de la mansión Lind. El médico del puerto, un irlandés bonachón que se puso morado de emoción al estrechar la mano del inventor, los acompañó en la falúa de Sanidad hasta el punto de desembarque. Allí los esperábamos batiendo palmas, en un coche engalanado para la ocasión con la figura imponente de un águila disecada, una radiante Miss Susan, un cortés aunque algo huraño Charlie y esta emocionadísima servidora.

De tan opresiva que halló la temperatura, apenas podía creer Mr. Morse que estábamos en diciembre. Fascinado quedó, con todo y calores sofocantes, ante la visión de aquellos 1400 acres de blancas guajanas que se mecían al viento desde la montaña hasta el mar. "Una estancia principesca", fueron exactamente sus atónitas palabras al contemplar la grandiosa arquitectura de la que por algunos meses habrá de ser su morada.

Las fiestas navideñas han adquirido un brillo especial con la presencia del sabio de *Locust Grove*. Desde Ponce, han venido los inevitables Salomons con un conjunto de cuatros, güiros y guitarras para iniciar a los visitantes en las delicias del folklore local. Los O'Hara, los Fantauzzi, los McCormick y los Aldecoa, entre otros numerosos vecinos deseosos de rendir pleitesía a nuestra celebridad internacional, frecuentan en estos días la hacienda como nunca lo habían hecho antes.

Para asombro de Miss Susan, Mr. Lind se ha lucido en su papel de anfitrión. Insiste en escoltar personalmente a su suegro, llevándolo y trayéndolo por cuanto lugar reclama el privilegio de recibirlo. Para reciprocar —o quizás por su poca disposición para resignarse al ocio— Mr. Morse ha prometido darse a la magna tarea de construir una línea telegráfica entre *La Enriqueta* y el almacén de su yerno en el puerto.

Entre la comandancia de la cocina y las atenciones a su madrastra y hermanastros —que han caído víctimas de una embarazosa epidemia de piojos—, la señora apenas ha tenido tiempo para conversar con su padre. Y mucho menos, supongo, para abordar un tema tan escabroso como el de las pequeñas arrugas que siguen insinuándose en el terso tejido de su felicidad.

MELANCOLIA

Bien ha valido el esfuerzo de estros tres meses: la línea prometida ya está en pie y Arroyo celebró hoy la efemérides por todo lo alto.

Las autoridades no han escatimado gastos para impresionar a Mr. Morse. Las canastas de flores y frutas abarrotan los balcones. Un almuerzo extremadamente *soigné* ha movilizado a los principales dones de la localidad. El orador principal lo fue —cómo ponerlo en duda— el propio genio de Poughkeepsie, quien posó orgulloso entre las banderas española y norteamericana para una fotografía memorable. Tengo estos detalles nada menos que de Charlie, quien —gracias a la insistencia irresistible del abuelo— acompañó a la comitiva en todos y cada uno de sus movimientos. Las mujeres permanecimos en la hacienda asistiendo en la preparación de los festejos domésticos.

Pese a la diversión que para él representa la presencia del insigne huésped y la de sus jóvenes tíos, una melancolía, invisible para todos menos para mí, se ha apoderado del alma de mi alumno. Adivino sus causas, aunque, a ciencia cierta, las desconozco. Ni el *confort* que lo rodea ni los mimos que lo ahogan han podido colmar ese abismo insondable que anida en su corazón. Su soledad, imperceptible para los faltos de sensibilidad, es sólo comparable a la de esta esclava sin cadenas cuya alegría depende del capricho de un amo siempre ausente.

ENCUENTRO

La partida de los Morse ha dejado un vacío sin medida en la casa. Miss Susan se arrastra nuevamente sin ánimo y sin proyecto. No me extrañaría en absoluto que enfermara, como lo hace siempre para este tiempo. Echo de menos la picardía de Charlie. Cuando lo invito a ir de excursión, me pone ridículos pretextos.

Al señor parece habérselo tragado la tierra. No bien hubo abordado la goleta su distinguido suegro, desapareció entre los cañaverales como si hubiese estado ansioso por recuperar una libertad largamente confiscada. ¿Resultarán las dimensiones de esta casa inmensa demasiado estrechas para la inquietud aventurera de su alma?

Hoy me fui de paseo por mi cuenta, habiendo decidido cambiar de ruta para burlar el hastío. Salido del fondo de las hornallas, el olor a melaza que se apodera del aire en tiempo de molienda me perseguía tenazmente por más que me alejara. Tomé la dirección de Cuatro Calles, camino que muy pocas veces escojo por evitarme el agotamiento de los saludos en el pueblo. Cuando venía de vuelta, al final de la tarde, tuve un sorpresivo y desagradable encuentro.

Al llegar a la encrucijada de la calle Isabel Segunda con la carretera que conduce a Guayama, reconocí una silueta inconfundible, erguida y elegante a pesar de su facha, bajo el cesto de frutas que llevaba en perfecto equilibrio sobre la cabeza. Era Selenia, la exiliada del Jardín de Edén, quien nada había perdido de su belleza y arrogancia. Apretado contra su espalda, por obra y gracia de una tela curiosamente anudada, un niño bastante pequeño, de tez más clara que ella, se retorcía inquieto.

Nos topamos de frente e, inevitablemente, nos miramos. No podía ser de otra manera. Pero ninguna se dio por aludida y, violentando los más elementales principios de cortesía, ambas seguimos adelante con la altiva indiferencia de dos marquesas. El niño se volteó para mirarme. La franca curiosidad que destilaban sus ojos verdísimos me arrancó, casi a mi pesar, una leve sonrisa.

¿Qué veneno secreto nutre la antipatía? ¿Qué río generoso riega nuestros afectos? Esta infeliz mujer que el azar atraviesa en mi camino habiéndose rozado apenas nuestras vidas, tiene el singular poder de indisponerme. ¿En qué lengua enrevesada y torpe me habla ahora la enana deforme de la envidia?

CONFESION

Jamás hubiera podido imaginar que la morosidad de mi discípulo se debiera menos a la ausencia del abuelo que a la influencia poderosa de Cupido. Ayer mismo vino a confesarse. Se llama Carmelina, es criolla y vive en el centro mismo del pueblo. El padre, un pequeño comerciante viudo, la cela como a una esposa. Ni al balcón le es permitido asomarse. Es verdaderamente prodigioso que hayan podido conocerse.

Las efusiones de Charlie, propias de su edad, son, al parecer, producto de un gusto muy indiscriminado. La niña (si es que a los veintidós se puede ser aún merecedora de tal título) está lejos de igualarse a él no sólo en edad sino también (y sobre todo) en condición familiar. Si no me equivoco (y tendré que ingeniármelas para confirmarlo), creo haber escuchado mencionar a Mrs. O. —quien todo lo averigua y nada calla— que en Arroyo corren cuentos en torno a los dudosos lazos que la atan a su padre.

¡Oh, mi pobre, mi ingenuo Charlie! La escasez de tu experiencia te habrá condenado.

VELADA FUNEBRE

Anoche murió de hidropesía (por mascar tanto tabaco, dijo Joseph) Carolina, la nana de Charlie. El chico corrió, aturdido, a fundirse con Bela en un abrazo. Miss Susan no se atrevió a impedir su salida, a toda prisa, hacia los cuarteles.

Un grupo de hombres y mujeres vino luego a pedir permiso para celebrar el suceso. Los africanos no comparten nuestro duelo funerario; la muerte es para ellos algo así como una libertad reconquistada, un retorno final a su patria.

Yo me encontraba en la sala dándole los últimos toques al chal violeta que estaba tejiendo para mi patrona. Eran ya casi las once y el señor aún no se había dignado premiarnos con su presencia. Por la puerta abierta, me llegó la voz impaciente de Miss Susan, temerosa de dar permiso a los negros sin la venia del esposo. Mandó entonces venir a Joseph y le encargó ir en su busca.

Al entrar, Miss Susan trató, con obvio esfuerzo, de sonreírme. Una inquietud profunda le velaba el semblante. Extrañamente hermanada a su angustia, yo presentía tal vez, como ella, una desgracia. Y esa oscura intuición me había hecho posponer casi por una hora el momento de mi retiro nocturno. Tuve la sensación de que la señora me lo agradecía y su lacónico "¿aún despierta?" fue menos una interrogación que un reconocimiento.

No sé medir el tiempo que transcurrió pero la espera se hizo interminable. La silenciosa conmoción de la señora, paradójicamente, me irritaba. Como si la prolongada espera del amo fuera una especie de consentimiento tácito, los tambores ya retumbaban en el batey.

Sin poder controlar el temblor que se había posesionado de mis manos, solté las agujas y me levanté con la falsa misión de ir a buscar la tisana que en la cocina preparaba Bela. Más por esconder mi malestar que por hacer conversación, le manifesté al ama de llaves mi indignación por el hecho de que, a esas alturas, los hombres enviados no hubiesen regresado con alguna nueva. —Ay, Miss Florence,— exclamó, sus grandes ojos ahora casi desorbitados por el miedo —lo vieron en casa de esa mujer, allá en el pueblo. ¿Quién se va a atrever a encontrarlo?

Turbada por lo que había en aquella voz de compasión y, al mismo tiempo, de fatal certidumbre, no quise, no pude preguntar más nada. Cuando Bela entró a la sala cargando la bandeja de plata con las dos tazas, ya yo me había despedido de Miss Susan para subir a mi habitación.

Con el libro de Margaret Fuller que había retirado de la biblioteca sobre la mesita de noche y el quinqué brillando tenuemente en la penumbra, pasé la noche en vela. La erupción secreta de mi rabia me impedía dormir. Estuve largas horas pensando, recordando, desdoblando los pesares y las esperanzas de mi equipaje espiritual. Poco a poco, la razón vino a socorrerme, a intentar explicarme la soberana insensatez de la ilusión. Juré entonces adelantar la fecha de mi partida, escapar para siempre de este invernadero maldito donde se malogran, antes de florecer, los sentimientos.

A las tantas de la madrugada, el silencio súbito de los tambores, la claridad rojiza del cielo isleño y el galope familiar de un caballo solitario me hicieron correr como una loca a la ventana.

NUBES NEGRAS

Con la proximidad del verano, no he creído prudente seguir callando mi decisión. Habiéndose cumplido los tres años de mi compromiso con la educación y formación moral de Charles Walker Lind, nada puede retenerme ya en *La Enriqueta*. Mi alumno partirá dentro de poco hacia los Estados Unidos, donde cursará —según la voluntad expresa de su padre— estudios de ingeniería. Yo también he de seguir ese rumbo norteño. Y —si la generosidad de mi patrona no provee para otro empleo similar— pondré un anuncio en un periódico neoyorquino ofreciendo mis servicios de dama de compañía y me hospedaré mientras tanto, con los ahorros que hasta el momento poseo, en un hotel modesto.

Charlie lo ha sabido antes que nadie. Pero su corazón es prisionero de nuevas emociones que le impidieron estremecerse con el impacto de la noticia. Quizás no fue ése el momento propicio para confiarle mis planes. Acababa de vaciar sus resentimientos ante lo que llamaba "la intransigencia sorda" de su padre. Estaba seguro, aunque no podía sostener su convicción con prueba alguna, de que el señor había descubierto su infatuación con la famosa Carmelina y que no eran otros la razón y el motivo de su exilio forzoso. En vano le repetía yo que la idea de enviarlo fuera formaba parte de las expectativas normales no sólo de cualquier padre inquieto por el porvenir de su hijo sino de todo joven extranjero criado en la estrechez de las colonias.

Lo que sucedió entonces me dejó profundamente consternada. Desde aquellos primeros meses turbulentos de mi estadía en esta casa no lo veía tan fuera de sí, tan incapaz de contener o tan siquiera moderar la expresión de su ira. Acusándome abiertamente de haber traicionado su confianza, me dijo cosas en extremo hirientes que sólo mi sentido del decoro me hizo tolerar. Me sacó en cara mis supuestos "prejuicios", mi "doble moral", mis "actitudes de espía asalariada". Completamente estupefacta ante aquel torrente de insultos que estaba lejos de merecer, le escuchaba en el más glacial de los silencios. Cuando por fin amainó la tempestad, recogí mis libros y cuadernos con una calma muy deliberada y lo dejé a solas con su conciencia en la semi-oscuridad de la biblioteca.

Miss Susan fue menos expresiva pero más espléndida. Además de asegurarme su plena protección así como la de sus amistades en Nueva York, llegó a prometerme una carta de recomendación del propio puño y letra de Mr. Morse.

Originalmente, había planeado zarpar durante el mes de julio en el mismo barco de Charlie, cosa que ahora me resultaba, por razones evidentes, muy poco deseable. Grande fue mi alivio cuando la señora misma me pidió que prolongara mi presencia en la hacienda hasta mediados de agosto, fecha en la que se esperaba nuevamente la visita de

Mrs. Molly Overmann. Aquella mirada sin brillo que acompañaba la voz cordial y atenta me dijo que la desesperación de mi patrona era aún más gigantesca que la mía.

LETARGO

Los últimos días de Charlie en Puerto Rico transcurren con una lentitud y una pesadez desquiciantes. Sin el deber de las lecciones, sin la rutina de un propósito, mi día se extiende como un largo pergamino en blanco.

El señor está en Ponce y no ha de regresar hasta el viernes. ¿Le importará saber que yo también me marcho, que dejo para siempre el cinto protector de su morada?

Mi ex-alumno renegado ronda sin alegría por los jardines. A veces lo veo caminar, pensativo, en dirección al pueblo. Sé de seguro a dónde va: a rendirle el tributo amargo de un amor sin futuro a su infeliz amada. Con la débil excusa de algún malestar, apenas cena ya con nosotros. Es como si se hubiese ido, dejando atrás el fantasma de su cuerpo.

Ya se ha disipado la mayor parte de mi rencor o quizás debo decir de mi despecho. El romance de Charlie y Carmelina me ha reducido al triste papel de una rival proscrita y sin derechos.

Ha llegado julio, con su cortejo de calores y mosquitos. Los preparativos para el viaje del unigénito van viento en popa. Su padre le ha mandado a hacer un baúl monumental para que pueda transportar cómodamente el fino ajuar que le ha encargado Miss Susan.

RECONCILIACION

Con la presencia del Doctor Tracy, los O'Hara y algunos vecinos que en algunos casos el aprecio y en otros la cortesía hacían indispensables, tuvo lugar esta tarde la íntima reunión de despedida.

—Master Charlie se hace desear —dijo el doctor para deshielar el ambiente cuando, a las seis de la tarde, aún no había hecho acto de presencia el homenajeado. La perplejidad asomaba en todos los rostros menos dos: el mío, conocedor de las causas detrás de los efectos, y el de su padre, menos confuso que molesto.

En un intento por disipar el evidente malhumor de su esposo, la señora dio la orden para que se sirvieran el té y el bizcocho, costumbre que ha impuesto en la casa la permanencia de esta súbdita británica. De nada le valió tan sabia previsión. Mr. Lind se levantó y, tan repentinamente como lo había hecho, subió de tres en tres los escalones para irrumpir furioso en la habitación de Charlie. Miss Susan permaneció totalmente inerte, dirigiendo hacia mí unos ojos claramente suplicantes.

Esperé a que el señor se percatara de la ausencia de su hijo, hecho que desde el principio me constaba y, antes de que la reflexión me cortara el reflejo, lo intercepté al pie de la escalera. Sus ojos verdes interrogaron a los míos con una absoluta frialdad. —Sé dónde está, déjeme a mí— fue todo lo que alcancé a decir, atreviéndome a rozar ligeramente su mano con la mía. La tensión abandonó milagrosamente sus facciones cuando murmuró: —Vaya usted— con esa suavidad que ya creía para mí perdida.

Salí al jardín sin la menor noción del rumbo que debían llevar mis pasos. Quería sobre todo huir del *tête à tête* malsano que viciaba el aire de aquella sala. Estando ya cerca de los portones y a punto de enfrentar la indecisión de la encrucijada, me encontré con el mayoral, que volvía a todo galope de los campos. Al preguntarle por mi alumno, dijo, señalando hacia el camino de Punta Guilarte: —Allá abajo.

Sólo la desesperación que me invadió al saberlo tan lejano pudo haberme inducido a aceptar la audaz invitación. Sin ponderar mi impulsiva acción, tomé la mano tan gentilmente ofrecida y monté junto a él sobre aquel lomo sudado.

Durante esa carrera insensata por entre la selva de altísimas palmas, sentí cómo volaban mis faldas y se soltaban mis cabellos en la locura del viento. Y sin embargo me estimaba segura. Las venas de los brazos de Joseph se contraían con el esfuerzo que exigía sostenerme derecha. Mi fantasía desbocada me hacía cerrar los ojos, cambiar el nombre del jinete, el color de las manos que apretaban mi cintura.

El sol estaba muy bajo y su brillo soslayado torturaba nuestros ojos con sus últimos rayos cuando la figura inconfundible de mi querido Charlie surgió de repente contra el cielo. Volteó el rostro al oir el galope del caballo y vino lentamente hacia nosotros sin devolvernos el saludo. Deslizándome con cuidado hasta la arena, le pedí a Joseph que regresara a la hacienda y mandara de vuelta dos hombres a caballo, ingrata tarea que se apresuró a ejecutar.

Un silencio espeso nos envolvió entonces. Nos mirábamos y el rumor de las olas encubría los latidos de nuestros corazones angustiados. Fue él quien sanó, de un solo gesto, todo el mal, todo el dolor de las heridas. Mis torpes palabras quedaron ahogadas por el cálido abrazo de su pecho. Esperamos sentados sobre un tronco de náufrago blanqueado por la insistencia del mar, recordando aquel día en que, desnudo e inocente, se había mostrado entero ante unos ojos que no quisieron ver.

DESPEDIDA

Hoy, muy temprano en la mañana, mientras los criados ataban el baúl al techo del coche, Bela transmitía el mensaje: Miss Florence estaba indispuesta. Desde la habitación, fui testigo invisible de los adioses impasibles de Charlie y las lágrimas abundantes de Miss Susan. El padre, que aún no había perdonado el supremo agravio social infligido por el hijo, demostró su tenacidad en la ausencia.

A punto ya de subir al estribo para abordar el carruaje, el viajero alzó la vista hacia mi ventana. Yo agité el pañuelo levemente. El echó a volar un beso con la mano. Y así se separaron Charles Walker Lind y su maestra: sin promesas y sin llanto.

La misma ruta que siguió mi Charlie se abrirá ante mí dentro de dos semanas. Como un dolor que me calcina el pecho es ahora el deseo de abandonar esta pequeña isla olvidada del mundo, poblada solamente de pájaros de paso.

GRAN FINAL

Con su habitual cortesía, Miss Susan me ofreció una cena suculenta, colocando junto a mis cubiertos un sobre rebosante de dinero. Bela había confeccionado mi plato favorito: pavo asado relleno de arroz a la menta. El señor nos hizo el grandísimo honor —más elocuente cuanto menos frecuente— de sentarse a la mesa.

Tras el deleite inusitado del postre —*omelette norvégienne* muy bien cuajada y *flambée*— Mr. Lind destapó duchamente una botella del mejor *champagne* y levantó su copa para brindar nada más y nada menos que "a la felicidad". —¿Y eso existe?— dije, disimulando con aires de broma el arranque impulsivo de cólera. Miss Susan sonrió su aprobación y propuso sustituir el brindis por otro menos pretencioso: —A la tranquilidad, más bien, ¿no le parece, Miss Florence?

Entonces yo también alcé mi copa y, animada por no sé cuál espíritu burlón de mis antepasados celtas, brindé "a la casualidad, a la casualidad siempre posible, siempre cerca".

No quise sentir las lanzas de sus ojos ni ahogarlas en la tibia humedad de los míos.

Mañana zarpará el barco que me alejará para siempre de esta amarga tierra. Es tarde y mi vela titubea. Le he quitado el cerrojo a mi puerta.

Miss Florence apretó un instante contra su pecho el cuaderno cerrado antes de volver a colocarlo cuidadosamente en la cajita negra con fondo de tafeta roja. Introdujo otra vez las manos en el viejo baúl para extraer de él un paquete de sobres nítidamente sujetados por una cinta rosada. Al deshacerse el nudo, cayeron desplegados sobre la alfombra como viejas barajas en un juego sin reglas.

Los sellos franceses con la imagen imponente de Napoleón III capturaron de inmediato su mirada. Abriendo uno de los sobres que había separado del resto, reconoció con una sonrisa las cursivas alargadas que distinguían a leguas la escritura de todos sus alumnos.

La carta no era fácil de leer. Sin duda por la escasez de papel o quién sabe si por la incorregible voluntad de mistificación que siempre había exhibido, su autor había llenado ambas caras de la hoja con líneas horizontales y verticales casi sobreimpuestas.

París, 24 de mayo de 1866
10, *rue du Roi-de-Rome*

Mi querida Miss:

Le extrañará sobremanera tener noticias de mí después de tanto tiempo. Desde que la perdimos de vista, hace ya más de seis años (casi una cuarta parte de mi existencia), su recuerdo nunca ha dejado de perseguirme. No le diré que he pensado deliberadamente en su persona todos los días de mi aburrida vida. Eso sería engañarla o, lo que es peor, adularla, cosas ambas que su ejemplo me enseñó a detestar. Pero he tenido a menudo la ocasión de echar de menos su irónico ingenio británico (que tanto me mortificaba) y esa eterna disponibilidad para la indignación (que nunca dejó de divertirme). Sin mencionar, por supuesto, nuestras infinitas caminatas en busca de cangrejos y amapolas y el inevitable té de las cinco en el jardín de las plantas carnívoras.

Me tomo la libertad de evocar ahora esas dulces memorias sin siquiera considerar la posibilidad de que usted lo haya echado todo al olvido. ¿Será verdad, Miss Florence? ¿Habrá podido usted ser tan cruel, tan fuerte? ¿Borró ya de su mente aquellos años de mi ingenuidad (¿y la suya?) en Puerto Rico?

Conseguir su dirección fue más difícil (si mal no recuerdo) que obtener su consentimiento. Nadie sabía absolutamente nada de *la petite Anglaise* salvo que había llegado viva a Nueva York y que luego se la había tragado la tierra. Nadie, es decir, excepto una buena amiga de la familia (cuyo nombre me reservo) que tuvo la envidiable fortuna de sorprenderla en las calles de Manhattan junto a su actual patrona, una tal Mrs. Weston.

¿Por qué nunca escribió? ¿Qué razones le dimos (le di yo) para que quisiera arrancarnos así, tan completamente de su corazón?

Pero no voy a perder el tiempo en recriminaciones. No cuando tengo tanto que decirle, pues sepa que sigue siendo hasta el día de hoy mi única y exclusiva confidente. Es muy sencillo: a nadie más le he contado ni le contaré mis ridículas "cuitas de Werther".

La última vez que nos vimos (yo casi en el coche, usted en la ventana de su palomar), mi tristeza era todo mi equipaje. ¿Será el primer amor el único o, por lo menos, el más memorable? En ese caso, no sabría decir a quién me costaba más abandonar, si a la princesa cautiva de Arroyo o a la cautivadora de príncipes de *La Enriqueta*. Quisiera poseer el don de la ubicuidad para ser testigo en estos mismos instantes de la ofuscación que tiñe sus mejillas. Tendré, por desgracia, que contentarme con imaginarla.

En cuanto a aquel oscuro y melancólico capítulo de mi vida, sólo un dato me queda por añadir, el que pinta de rojo este tan predecible cuento de hadas: la muerte de Carmelina unos meses después de mi partida y por su propia mano. El tiempo pasa, Miss Florence, aunque no así las huellas de los males demasiado hondos.

No es mi intención acongojar sus noches con historias para perder el sueño. Se estará usted preguntando lo que todo un ingeniero, graduado a la brava y contra su natural inclinación, andará buscando en las calles de París. Pues bien, he vuelto a la vocación que usted tan sabiamente me ayudó a descubrir: la del arte. Sigo los pasos de mi ilustre abuelo (quien, como usted bien sabe, además de enviar telegramas también pintaba cuadros) y más literalmente de lo que usted puede figurarse. Ahora mismo, por ejemplo, me hospedo en el departamento de once piezas que acaba de alquilar Mr. Samuel Morse (a unos pasos del *Bois de Boulogne* y no muy lejos del *Champ de Mars*) para disfrutar, en compañía de su esposa, hijos y parientes advenedizos, de la Gran Exposición Internacional, himno a la gloria técnica y científica del Segundo Imperio. Hasta Mrs. Goodrich, su cuñada, está aquí —con todo el clan sureño— para ahorrarse "los horrores de la Reconstrucción" tras la Guerra Civil que por poco los deja en la calle. Y no podía faltar Mr. Prime, buen periodista al acecho de materiales para una biografía (y no la mía, por cierto).

Como usted recordará, no soy muy amigo que digamos de las reuniones familiares. Pienso, pues, permanecer en la *rue du Roi-de-Rome* estrictamente el tiempo necesario para conseguir un piso (con techo, preferiblemente) y una colocación como aprendiz en el *atelier* de algún pintor de nombre (*Monsieur* Courbet, quizás: soy pretencioso). Mrs. Goodrich me encuentra algo huraño para su gusto y así se lo ha informado a Mr. Morse, quien —en defensa del honor familiar— no cesa de cantar las alabanzas de mi señor padre. Ya ve usted que ni siquiera en Francia dejo de ser "el hijo de Mr. Lind", contraseña mágica que en la isla tenía el curioso efecto de simultáneamente abrirme y cerrarme todas las puertas.

Pero no todo es tan trágico como supone mi relato, un tanto contaminado por el *esprit romantique* de esta bendita tierra. Hay también cosas muy divertidas, como la visión del egregio patriarca Don Samuel —tan republicano en sus convicciones— vestido a la usanza de la aristocracia francesa, con todo y espada al cinto, y trepado junto a su esposa Sarah en una silla para poder divisar, por sobre las diez mil cabezas de los invitados a la gran recepción del *Hôtel de Ville,* al Emperador *en personne.*

Aprecio como usted no puede imaginarse el anonimato bienhechor de esta efervescencia capitalina, con sus enormes multitudes y sus sobrecogedores espacios. Me hace experimentar una cierta liviandad, casi un mareo de *champagne*. En las calles estrechas y adoquinadas de esta ciudad donde todo es posible, recobro la facultad que ya creía perdida de confiar en los méritos de mis propias decisiones.

Como sé que juzgará de mal gusto el que pretenda terminar esta carta sin decir siquiera dos palabras à *propos* de los señores Lind, le obsequiaré cuatro con mis más cordiales cumplidos: *ça va, malgré tout.*

¿Será demasiada vanidad el osar esperar una respuesta? Qué importa: se puede ser impunemente arrogante a los veintitrés (cumplidos exactamente hoy) años.

Créame su afectísimo y agradecidísimo,
Ch. W. L.

Por una de esas veleidades del correo o del destino, la respuesta de Miss Florence nunca llegó a manos de su nostálgico ex-discípulo. Más de un año después, una segunda carta de Francia reveló la razón: la dirección del destinatario había cambiado.

París, 16 de septiembre de 1867
39, *rue de Douai*

Ingrato corazón de hielo:

Reincido, deponiendo el orgullo que me ha hecho seguir aguardando una carta imposible y dando margen a la eventualidad más halagadora de que no haya usted recibido la mía.

La presente ha de ser mucho más breve. Hablarle a una interlocutora imaginaria no es el pasatiempo favorito de una mente que —pese a la abrumadora evidencia en su contra— aún aspira a la cordura. Una simple anécdota quizás sirva para transmitirle eficazmente lo complejo (y absurdo) de mi actual *état d'esprit*.

Un amigo francés me llevó hace unos días al taller de un artista cuya especialidad son las frutas y legumbres tropicales. —Tengo entendido que es portorriqueño, como tú — dijo mi entusiasta Cicerón y sólo mi temor a ofenderlo me impidió echármele a reír en la cara. ¿Portorriqueño? ¿Qué cosa significa ese novel epíteto cuyo sonido jamás captaron mis oídos mientras viví en Arroyo? Una afinidad geográfica no es ciertamente razón suficiente como para extender tan a la ligera un gentilicio. Y menos aún cuando los padres de uno se han comportado siempre como si *La Enriqueta* fuese el centro deslocalizado de un universo eternamente ajeno. Mi crianza, bien lo sabe usted, no hizo más que acentuar esa distancia. Los veranos en Poughkeepsie o en Europa o en las mansiones ancestrales de los Lind y los Oyermann en San Tomás, cumplían la función de recordarme cada año mi esencial extranjería, mi linaje tan desarraigado de una tierra cuyos frutos generosos alimentaban nuestra riqueza.

Sí, mi querida amiga, curiosamente esa palabra que juzgué tan ridícula tuvo el poder de estremecerme hasta la médula. ¿Qué ha sido mi existencia sino un errar sin brújula? ¿Dónde habré de sembrar, si es que llega ese día, mis raíces aéreas? Al entrar en aquel taller, las piñas, las papayas y los mameyes me dieron, desde las paredes modestamente empapeladas, la sensación de estar una vez más cerca del mar, recibiendo junto a usted el abrazo cordial del sol sobre la arena.

En cuanto a mi trabajo artístico, lamento tener que admitir que estoy bastante cerca de cumplir la penetrante profecía de mi padre: "Si no vuelves hecho un Delacroix, habrás perdido bochornosamente tu tiempo y mi dinero". Tras varias tentativas infructuosas de ser aceptado en un taller de envergadura, no he podido prescindir de la carta de presentación que tan gentilmente pusiera entre mis manos a mi llegada el ilustre abuelo. He comprobado que en París, como en todas partes, es condición indispensable tener padrino para poder bautizarse.

Una noticia favorable que, por la dirección, ya le habrá constado: vivo solo. Alquilo una pequeña habitación bajo el techo, con todo y tragaluz, en un modesto edificio a pasos de Montmartre. ¿No le fascinaría volver a Europa (oh, perdón, sé muy bien que Inglaterra es otro continente...) y pasearse con su pequeño Charlie a orillas del misterioso *Seine*? Este último desvarío le habrá demostrado que aún soy capaz (por lo menos) de soñar despierto.

Reciba el cariño imperecedero, aunque incorrespondido, de su siempre fiel

Ch.W.L.

Ya se había declarado el día y su luz grisácea chorreaba viscosa sobre los muros de los edificios cuando se abrieron de par en par las contraventanas de la pequeña habitación de la calle Bleeker. Adentro crepitaba la estufa, despidiendo un olor a gas que le cosquilleaba en las narices. Una corriente de aire helado atravesó de inmediato la pieza. Miss Florence Jane juntó las vidrieras y se quedó mirando largamente hacia las calles sucias revestidas de nieve.

Al volverse, vio el periódico posado como una mariposa blanca y negra sobre el sofá y el baúl abierto, desconcertante como un ataúd sin muerto. Mientras el agua silbaba burlona en la tetera y el vapor arropaba el cuarto con su neblina, Miss Florence caminó sin la menor vacilación hacia el ropero.

II

"Es el mismo oleaje, el mismo mar; su ritmo no ha perdido un solo compás en tanto tiempo. Su tersa superficie no se altera como el voluble corazón de los hombres. ¡Y esa colcha de añil! ¿Cómo haber olvidado lo intensamente azul que puede ser un cielo sin temor al invierno? Los pelícanos y las gaviotas se zambullen, anunciando la proximidad de la tierra. Es difícil creer que, con la misma gracia, despedazan sus presas submarinas como lo hacen, secretos y terribles, los tiburones".

Con estos pensamientos, inició Miss Florence Jane el diario de su regreso a Puerto Rico. Siguió la misma ruta de su primer viaje, veintisiete años antes. El barco de carga que la trajo permaneció fondeado, como aquella otra vez, a una distancia prudente del atracadero. Una pequeña yola la condujo hasta el muelle con otros pasajeros. Allí, un guardia distraído, uniformado de negro, le hizo señas de que podía seguir adelante.

Personarse en la hacienda sin previo aviso y con el equipaje a cuestas le pareció la más flagrante de las descortesías. Ni el respetable pretexto de una visita de condolencia era capaz de justificar tal desfachatez. Con la ayuda de unos cuantos dólares, prefirió pedirle al maletero que llevara la valija —y su solicitud de un cuarto para pasar la noche— a un hotelucho situado en la calle principal y visible desde el puerto. Inútiles fueron las intimaciones del hombre en torno a la dudosa reputación del lugar. Para calmarlo, Miss Florence tuvo que asegurarle que no habría de permanecer allí por mucho tiempo.

"Tan pronto como me hube instalado en "El Marino" —cuya apariencia no desmiente las aprensiones del maletero— me quité el sombrero para retocar levemente el peinado desordenado por la brisa. Un espejo asediado por las manchas me devolvió, en la penumbra rancia de la habitación, la imagen de un rostro maltratado por la fatiga. Mientras esperaba la llegada del cochero —que tardó, por cierto, bastante— una caprichosa inspiración me hizo cambiar el sobrio vestido gris que había escogido para el viaje por otro de seda rosada con un corte algo más favorecedor.

65

Y me senté, nerviosa, sobre el maltrecho camastro que había de ser, si la suerte me acompañaba, mi lecho por una sola noche.

El cochero lució algo perplejo al escucharme pedirle que me llevara hasta la residencia de Mr. Edward Lind. Repetí la orden, tratando de hispanizar en lo posible la pronunciación del apellido. No fue hasta que mencioné el nombre de la hacienda que por fin pudimos subir hacia Cuatro Calles mucho más lentamente de lo que hubiese dictado mi impaciencia.

Enero se mostraba en todo su esplendor tropical. La caña mecía al viento su corona blanca, y el verde intenso de los árboles tupidos bendecía estas tierras de intensa sequía. La cálida humedad del ambiente me salpicaba el rostro de sudor, obligándome a enjugar constantemente mi frente con el pañuelo.

Hasta ese momento, impelida por resortes invisibles, por impulsos incontrolables que marcaban el mapa de mis deseos, había obrado como en un sueño. Ahora, tan cerca de la verdad, a tan poca distancia de mi destino, me asaltaba con toda su violencia la consciencia aguda de lo que estaba por suceder. ¿Qué me depararía este absurdo e irreflexivo salto en el tiempo? ¿Me reconocería siquiera aquel que había poblado solo por tantos años las tinieblas de mi memoria? ¿Lo reconocería yo tatuado y arañado por los golpes de la vida? Sus facciones cobraban vida nuevamente, resurgían, iluminadas por un relámpago fugaz, para desdibujarse luego, como una huella en la arena, bajo el marullo cruel de mis presentimientos.

Por fin, reconocí los majestuosos portones mordidos por el salitre. Movida por el anhelo de franquear a pie el umbral del paraíso perdido, hice detener allí mismo los caballos: me parecía más conveniente mantener el secreto y la sorpresa hasta el final. Con más curiosidad que buena voluntad, el hombre se ofreció a aguardarme. Tendiéndole su dinero, lo despaché con una prisa que no pude disimular.

La yerba había invadido de tal forma la vereda que los cabetes de mis botines se enredaban en ella, reteniendo mi avance. Guiada por la costumbre, fui abriéndome paso a tirones y resbalones. El caíllo se adhería a la seda, formando un ruedo amarillo que me raspaba sin piedad las piernas.

Ensayaba en mi mente los discursos imposibles del retorno: el pésame debido, el motivo acuñado. ¿Con qué nueva máscara habría de enfrentar ahora su presencia? ¿Habría amansado el tiempo su antigua impetuosidad? ¿Me harían, como antaño, enmudecer su palabra y retroceder su mirada? El miedo me susurraba al oído que no bastaría un toque a su puerta para desatar los nudos apretados de la infelicidad.

Al alcanzar el recodo del camino, entre la maleza espesa que oscurecía lo que una vez había sido el diseño perfecto de los jardines, divisé de pronto el perfil espectral de la casa. El sol de la media tarde lo encendía todo, revelándome la visión desoladora que en vano rechazaban mis ojos incrédulos. Con el techo hundido y las barandas desplomadas, mutilada su real escalera y condenadas por enormes tablas sus puertas y ventanas, la mansión señorial de *La Enriqueta* yacía, pasada su agonía, contra el verdor de los árboles como un cuerpo sin alma. ¿Qué maldición diabólica había regado su veneno sobre el palacio glorioso de mi juventud? ¿Cuál astro siniestro venía a eclipsar ahora el arco triunfal de mi esperanza?.

De lo que sucedió entonces, tengo tan sólo un recuerdo vago. La sangre subió en un hervor al cerebro; las rodillas cedieron, las piernas se doblaron. Mi pecho, agitado por la conmoción que en mis sentidos producía el espectáculo de aquella ruina, pugnaba por recobrar un aire repentinamente enrarecido. Un telón negro descendió sobre mis ojos y me deslicé, sin resistencia, hacia el abismo sin fondo de la inconsciencia".

Lo primero que sintió al despertar fue el contacto tibio de unas manos bajo su nuca. Trató inútilmente de incorporarse y se percató, alarmada, de que su cuerpo estaba como suspendido en el aire. Con el regreso brusco de la sensatez, su vista náufraga distinguió el faro lejano de unos ojos verdes fijándola inquietos desde arriba.

—¿Qué le pasó?.—dijo entonces la voz que acompañaba los ojos. Sin esperar la respuesta improbable de aquella mujer pálida que cargaba en brazos, alguien la depositó con mucha delicadeza en la yerba.

De primera intención, Miss Florence tuvo miedo de aquel rostro oscuro que se inclinaba solícito sobre el suyo. Si no se levantó, fue porque sus piernas, aún tembluzcas, no se lo autorizaron. La sonrisa franca de aquel joven mulato, el insólito color de aquellos ojos que la observaban con una mezcla de curiosidad y compasión, desarmaron poco a poco su desconfianza. Pudo al fin musitar una frase para agradecerle su ayuda e hizo un intento débil por abrir el bolso, aún colgado de su brazo, para ofrecerle algunas monedas que él se negó a aceptar.

Para contestar la muda interrogación que reflejaba la mirada intensa de su socorredor, ella preguntó con muchos gestos y pocas palabras por el paradero del dueño de la hacienda. El hombre respondió en español sin que su interlocutora pudiese descifrar el significado de sus largas explicaciones. Tras un exasperante intercambio, él le ofreció cortésmente su brazo.

Apoyándose en él, fue recuperando gradualmente las fuerzas y caminando hasta lo que reconoció como el antiguo batey de los negros, repleto ahora de pequeñas cabañas de madera con techos de palma y matojo. En la plazoleta de tierra que constituía el centro del rústico poblado, un grupo de niños jugaba ruidosamente con vainas de algarrobo.

El muchacho se detuvo ante una de las cabañas y le hizo comprender que debía esperar afuera. Ella recostó la espalda contra un panapén y cerró por un instante los ojos. Casi en seguida, asomó la cara su salvador para indicarle que podía entrar. Con mucha timidez, fue acercándose Miss

68

Florence a la puerta abierta.

Tuvo que acostumbrarse a la penumbra del interior. La ventana entrecerrada apenas dejaba filtrar un rayito de luz para alumbrar la cabeza totalmente blanca de una anciana negra que se mecía ceremoniosa en su sillón.

"—¡Benditos sean los ojos, señorita, que pueden, antes de perder la poca vista que les queda, volverla a ver! —dijo, en el sonoro inglés de las islas que no tardé un segundo en reconocer. Y, abriéndome los brazos con su generosa sonrisa desdentada, me dio la bienvenida más calurosa que jamás he recibido. Las lágrimas que no había podido contener corrían ahora libremente por mis mejillas, confundiéndose con las suyas. —Ay, Miss Florence, Miss Florence— era lo único que podían murmurar sus viejos labios temblorosos. Entre sorprendido y conmovido, el joven que me había conducido hacia ella nos miraba fijamente desde la hamaca.

Cuando recobró la calma, Bela me presentó a Andrés, a quien se obstinaba en identificar como su nieto. Esto me extrañó sobremanera pues sabía que Bela no había tenido hijos y que cuando nuestras vidas se habían separado, era ya una mujer de unos cincuenta años. Huelga decir que la discreción selló mis labios y que acepté su afirmación como se acepta un misterio de fe.

Ya más repuesta del asedio continuo de tantas emociones, sorbí el café amargo que me sirvió Andrés a instancias de su "abuela" y me senté en un taburete bajo que el joven se apresuró a ofrecerme. No tuve necesidad de iniciar, como lo venía planeando en mi mente, el interrogatorio. Bela se lanzó en el relato detallado de los sucesos que habían transformado tan drásticamente nuestras respectivas existencias. Andrés escuchaba, atento y sonreído, el monólogo que su desconocimiento del inglés le impedía comprender. La insistencia de sus ojos verdes me turbaba inexplicablemente y tuve que hacer un esfuerzo considerable por sustraerme a su mirada.

—¿Lo sabe usted, señorita, que ahora somos gente libre? —anunció ella con orgullo y, al obtener mi asentimiento, prosiguió ya sin más interrupciones:

—Pues así es: Ya se había muerto Mr. Morse, que en paz descanse, cuando de allá de España nos llegó la libertad. Tan pronto se supo aquí, montaron Domingo y Juan Prim en los caballos y pegaron a correr por toda la costa para regar como pólvora la noticia. ¡Hubiera estado usted en *La Enriqueta* esa bendita noche! Había gente de todas las haciendas de Arroyo, Patillas y Guayama. Los jachos prendían todo esto como si hubiese sido mediodía en punto y los tambores repicaron la bomba brava hasta el amanezca. Miss Susan y Master Charlie, que ya había vuelto el pobrecito de afuera, miraban sentados en el balcón. El se veía contento: hasta me sacó de la cocina para hacerme bajar al batey y me hacía desde lejos que bailara, que me sacudiera, que me quitara de encima los grilletes del alma. Mr. Lind se había acostado temprano. Con una cara... Las cosas no le andaban bien, cuestiones de dinero, usted sabe. Tenía más deudas que cuerdas de terreno y el gobierno le ponía tranquillas a cualquier invento suyo para mejorar el negocio. No le dejaron ni traer de Inglaterra un ingeniero para bajar la quebrada Ancones de allá arriba y asegurar el riego de la caña. Demasiado era ya, figúrese usted, tener que pagarle ahora a los que antes trabajaban sin paga.

Mi paciencia comenzaba a escasear. Pero, temerosa de delatar un interés en la intimidad de la familia que podía parecer excesivo, si no totalmente injustificado, callé la pregunta y el nombre que temblaban ansiosos por escapar de mis labios. De alguna manera, Bela debió captar la súplica tácita de mi mirada. Sus próximas palabras pretendieron satisfacer mis ansias:

—Usted no puede imaginarse, señorita, las cosas que se escuchaban en aquella casa. Como perro y gato se la pasaban el padre y el hijo, discutiendo a gritos en la mesa por las ideas locas que, según decía Mr. Lind, había traído Master Charlie de Francia. El señor maldecía la hora y el día en que había malgastado su dinero en aquel viaje. A mi niño siempre le gustó pintar, usted mejor que nadie lo sabe. Pero el amo quería meterlo a las malas en el almacén. Con todo y que el hijo era ya un hombre de treinta años pasados, lo seguía tratando como si fuera un crío. Hasta que el pobrecito no aguantó más...

Bela pausó, obviamente afectada por los recuerdos vivos que despertaba la emotiva evocación del pasado. Pero, con un suspiro hondo, perseveró en su narración entrecortada:

—Miss Susan me había mandado a prepararle el cuarto que era de usted, el pequeño de arriba, ¿se recuerda? Ya ni dormía más con el esposo ni casi se la veía caminar por la casa. A mí me daba pena verla así, tan solita, tan encerrada. Hasta le subí su cotorra favorita para que pudiera oír de vez en cuando alguna palabra. El señor andaba siempre por fuera y, cuando venía, las peleas con el hijo lo volvían a sacar seguida de la casa.

Andrés había cerrado los ojos y su pecho traicionaba la respiración regular del sueño, inducido por el suave movimiento de la hamaca. Bela se sonrió al notar la dirección indiscreta de mi mirada.

—La juventud no se ocupa de estos cuentos de viejos —dijo entonces, dándole nuevo curso a su nostalgia. —Pues bien, señorita: así estaban de malas las cosas cuando de repente empeoraron. Como si no hubiese tenido ya suficientes razones para enojar al padre, Master Charlie se volvió a enamorar. Y eso no fue —no me vaya usted a malentender— lo malo del asunto. El padre sí quería verlo casado para que, con el tiempo, los nietos fueran levantando de nuevo aquel campo. Pero no con la que escogió mi niño, perdóneme que por costumbre todavía así le llame... Por entretenerse y por ganarse alguna plata, Charlie se dedicaba a pintar retratos para la gente bien de Arroyo y de Guayama. Así fue como conoció a Brunilda, la hija que había tenido Don Jacinto Cora con una criada. La muchacha era clara, más clara que Selenia, ¿se recuerda, Miss Florence?, y tenía la piel de aceituna como una misma gitana, los ojos grandes, color de miel y la nariz que parecía tallada de tan perfilada. Lo único que dejaba ver su cuna humilde eran los cabellos, que eran como los míos, y los llevaba recogidos en un moño apretado que le favorecía mucho la cara.

Cuando le digo que el hombre se enamoró, no le estoy diciendo nada. El pobre no tenía vida: le mandaba flores, le llevaba dulces, le regalaba libros, la dibujaba... Todos los días de Dios le paseaba la calle. El caballo ya se sabía el camino de memoria y hasta ciego llegaba. Y la familia de ella, imagínese, encantadísima, si en eso era ella quien ganaba... Pero, claro, ni le digo la tromba marina que había en la otra casa. Mr. Lind no veía con buenos ojos las pretensiones de su hijo: no era lo mismo llevar amores a escondidas con las negras que quererse casar con una mulata. Ay, hija mía, de tal palo. Tan diferentes en los pareceres y tan igualitos en los placeres...

Instintivamente, me llevé la mano a la frente, gesto que puso en evidencia la incomodidad que me provocaban aquellos comentarios tan osados. Bela colocó su mano callosa sobre la mía y continuó, con una sonrisa plena de sabiduría:

—Master Charlie estaba plantado. Mientras más se oponía el padre, más se empeñaba él en casarse. En el pueblo no se hablaba de otra cosa: los revendones traían y llevaban. Hasta los negros agregados bromeaban, pensando en los vuelcos que daría en la tumba Mr. Morse el día del nacimiento del bisnieto tiznado.

Suspiró de nuevo y su semblante adquirió una gravedad que no dejaba predecir el tono liviano de lo que acababa de contar.

—Bueno —dijo, persignándose —ya sabe usted cómo acabó esa historia. No se perturbe más el descanso de los muertos.

Estas últimas palabras desataron en mí una turbación que me hizo abandonar mi anterior reticencia para asegurarle mi total ignorancia de los sucesos a los que tan misteriosamente aludía. El rostro de Bela sufrió una transformación que me heló la sangre en las venas. Un nudo seco y frío me estrangulaba la garganta.

—Entonces... ¿no lo sabe? —murmuró como para convencerse a sí misma de lo que ya era una realidad palpable. Y, ante el silencio angustioso que acogió su pregunta, exclamó, estallando en sollozos:

—¡Ay, Miss Florence, Dios mío... si está muerto!

El exabrupto de Bela y el grito que se escapó espontáneo de mis labios hicieron que Andrés se incorporara en la hamaca. Presa del asombro y el terror, permanecí en silencio, posponiendo en vano el momento de la revelación amarga. Las lágrimas se negaban a brotar de mis ojos, clavados en el rostro de la anciana.

Cuando logré reunir las escasas fuerzas que me restaban para musitar algunas palabras confusas e incoherentes, pude al fin conocer el trágico final de mi desgraciado alumno. Cinco años habían transcurrido ya desde aquella noche fatal pero Bela recordaba la fecha y la hora exactas. Eran las ocho en punto de la noche cuando, tras un duelo de agrias recriminaciones en la mesa, el padre y el hijo se perdieron juntos en la oscuridad de los jardines. Tal vez no quisieron perturbar con sus gritos el descanso de la madre, recluida en su cuarto. O tal vez, pretendieron simplemente guardar sus diferencias entre ellos, lejos del oído alerta de los criados. De lo que se dijeron, nadie fue testigo. Cómo se ofendieron, nadie lo sabe. Sólo que, sin mirar atrás y con la rapidez de un celaje, abandonó para siempre mi amado Charlie su jardín encantado; que subió a su habitación, pálido y afligido; que el padre furioso se dejó caer sobre el banco de mármol con la cabeza entre las manos; y que no volvió a levantarla hasta que el tiro de escopeta que se llevó la vida de su único hijo le arrancó, sin tocarlo, el resto de la suya".

El día amaneció enconchado. La bruma flotaba espesa sobre el mar verdoso de Arroyo. Las nubres negras tocaban casi la línea emborronada del horizonte.

El pueblo estaba aún medio dormido cuando Andrés haló el cordón de la campanilla de cobre. No tuvo que esperar: la puerta se abrió de inmediato para dejar salir una menuda figura enlutada. Su paso rápido se acomodó al del joven con la volátil proximidad de una sombra.

El puerto comenzaba a desperezarse. Algunas yolas de pescadores madrugadores estaban ya de vuelta. Un vagabundo se alzó en su lecho de saco para inspeccionar sin disimulo la asombrosa conjunción de un mulato portador de flores seguido por una fantasmagórica mujer blanca.

Avanzaron por la calle de San Fernando hasta avistar, desde la curva del camino, el muro blanco sobre cuyo borde sucio surgieron, como apariciones vestidas de neblina, las cabezas enormes de dos ángeles. La pareja se detuvo junto a los portones cerrados. El dintel coronado por el círculo cruzado proclamaba su lúgubre leyenda:

MANSION ES ESTA DE SILENCIO Y CALMA
QUE AL HOMBRE PECADOR TAN SOLO ATERRA;
AQUI YACEN LOS CUERPOS EN LA TIERRA
Y A NUEVA VIDA SE DESPIERTA EL ALMA.

Al llamado de Andrés, respondió, arrastrando lenta y trabajosamente la pierna coja, el sepulturero. Recostó la pala que venía cargando contra la pared de la garita y, sin siquiera darles los buenos días, les anunció que éstas no eran, de ninguna manera y bajo ningún concepto, horas decentes para visitar a los muertos. Andrés colocó una moneda discretamente ofrecida por su acompañante en la mano curtida del gallego gruñón. Sin más demoras, cayeron las cadenas abrasadas de moho y el candado abierto.

"En lo que mi guía preguntaba por el sitio exacto, tomé la delantera y me adentré entre las dos hileras que formaban la larga avenida de monumentos fúnebres. Dirigida por una ciega intuición, retrocedí algunos pasos. No hicieron falta las indicaciones malhumoradas del sepulturero. Allí, frente a mí, a pocos pies de la entrada, se levantaba como un altar de ladrillos rojos la última morada de mi pobre Charlie. Las letras de su nombre amado, esculpidas en la sobria lápida de mármol, se grabaron en las venas secas de mis ojos.

Me hinqué en la tierra húmeda a murmurar una plegaria por el reposo eterno de su alma atribulada. Bajé los párpados y evoqué la imagen del chico travieso de mejillas redondas y rosadas. Los sollozos sacudieron mis hombros y aliviaron mi pecho herido por un dolor sin final. Confundido por el ímpetu de mi llanto, Andrés depositó en silencio, junto a la tumba, la canasta de flores tan amorosamente preparada por Bela para su niño muerto.

Yo me entregaba a las crueles reflexiones que seguían alimentando mi angustia, rememorando, sin haberla vivido, aquella noche aciaga que segó la dicha a mis espaldas. ¿Presentiría Charles Walker Lind dos horas antes del crepúsculo que aquella había de ser su última puesta de sol? ¿Cuándo germinó en él, como una oscura flor, la idea de la muerte? Habría puesto, tal vez, en manos de un padre indiferente y burlón su ingenuo plan para sembrar, en este suelo tan largamente extraño, la semilla ardiente de sus sueños. ¿Cuál fue el temor hostil, el cruel escarnio que coronó su atrevimiento? ¿Qué palabras fatales disolvieron los lazos? ¿Quién desgarró, de un zarpazo, el plácido lienzo?"

Un relámpago cortó de un relumbrón el cielo y un trueno retumbó en el paraje desolado del cementerio. El gallego se persignó y fue cojeando en busca de refugio.

Andrés tendió una mano para ayudarla a levantarse.

Antes de apoyar en ella la suya temblorosa, Miss Florence se inclinó para dejar un beso en el borde frío de la sepultura. Las agujas de una llovizna fina tocaban su mazurca melancólica sobre el mármol empapado.

"Era real, horriblemente real, lo habían confirmado mis sentidos, extrañamente agudizados por el sufrimiento. Ya no podría, por más que lo intentara, negarlo nunca más. Mi Charlie estaba —era preciso, imperativo formularlo— muerto. Su forma mortal no pisaría ya más el vientre fértil de esta tierra. Sólo su recuerdo viviría conmigo, condenado de ahora en adelante a la paulatina descoloración del sentimiento.

Avasallada por una pena que desafía todo ensayo de expresión, volví la espalda y guardé por mucho tiempo el rostro cubierto. Creyéndome víctima de la desorientación, Andrés me señaló cortésmente el camino de regreso. Le hice que no con la cabeza y le rogué que me dejara sola. Se retiró a una distancia prudente mientras yo me perdía por aquellas veredas flanqueadas de imponentes mausoleos. No sé cuánto terreno recorrí, cuántas horas pasaron, cuántos epitafios con su inútil cortejo de apellidos familiares desfilaron ante mi memoria. El vestido de calicó gris se pegaba, mojado, a mi cuerpo y un viento afilado levantaba inmisericorde los pliegues de mi capa, calándome hasta los huesos. Casi en un trance erraba, como un fantasma más, respirando el aliento envenenado y fétido del cementerio.

Exhausta ya de vagar sin rumbo, invertí mis pasos cada vez más pesados para desandar la ruta y retornar sin alegría al mundo de los vivos. Pero una voz muda y honda me halaba sin palabras nuevamente hacia la escena de mi anterior desasosiego. Si hubiese podido entonces vencer el sordo impulso, romper aquel macabro sortilegio, no hubieran vuelto mis pies a contornar los amados restos de mi ángel rebelde, no se hubiesen posado mis desgraciados ojos sobre la piedra escrita que selló para siempre mi desconsuelo. Cara a cara a la de Charlie, idéntica en su construcción y estilo, como un lecho gemelo, la tumba roja de Edward Lind lo enfrentaba a su hijo aún después de muerto.

Las nubes reventaban ahora, vaciando todos los ríos del cielo. El grito ahogado en mis entrañas me inundó con su fuego la garganta".

Todo el mundo quiere ver a la señora blanca, aparecida como una virgen laica en los cañaverales. Pero Andrés le ha echado trancas a las puertas y ventanas de la cabaña. Bela se mece junto al catre donde Miss Florence, con una calentura que no cede ni a yerbajes ni a ungüentos, habla entre dientes con sus amores muertos. Llorosa y cabizbaja, la vieja guardiana no deja de acusarse, enjugando con un trapo húmedo, oloroso a eucalipto, el sudor helado que perla las sienes de la enferma.

"¿Cómo se cuentan las noches eternas de la fiebre? Bela jura que fueron dos y que, a la tercera, abrí los ojos para preguntar en que país estaba y si aún no había llegado el invierno. Su caldo de gallina y su santa paciencia me arrancaron del agujero negro por el que se había escurrido mi existencia desde la peregrinación al cementerio.

Andrés no permitía que me hablara del pasado pero yo sólo anhelaba conocerlo. Tenía tantas preguntas por hacer para poder seguir viviendo. Según fui mejorando, Bela me complació. Su historia cruel fue rellenando de muerte el vacío del tiempo.

—Al principio, la señora no quería creer que Charlie ya no estaba. Se pasaba el día encerrada, llamándolo y conversando con las paredes. De noche, la veíamos andar por los jardines, buscando entre los árboles, llorando y gimiendo como un alma en pena. El señor me mandaba a seguirla, no fuera a darle con hacer cualquier locura. A veces nos cogía la madrugada caminando por los cañaverales. Tan pronto como salía el sol, se dejaba llevar otra vez a la habitación...

Por más que le explicaran, Miss Susan no entendía. Sólo quería contar la pesadilla sin sueño que desde aquella noche no había dejado de atormentarla con su absurda y exacta repetición. Se veía muy niña en *Locust Grove,* sentada como toda una damita a la mesa. Conversaba animada mientras se servía, con el gran cucharón de cobre regalo del abuelo Jedidiah, espesos chorros del aromático *gravy* sobre el trozo de jamón glaceado. Para que nadie la tildara de golosa, alzaba graciosamente la fuente antes de ofrecerla al resto de los comensales. Cuando se volteaba para hacerlo, sus manos frías la dejaban caer estrepitosamente. Horrorizada, contemplaba el lago rojo y tibio que bañaba sus pies descalzos y, al levantar la vista con la excusa en los labios, no veía a su alrededor más que una infinidad de sillas vacías.

—Al tiempo se fue calmando y entonces me dejaba darle la comida a cucharadas. En unos cuantos meses se había secado. De tan envejecida, trabajo costaba reconocerla, una mujer que había sido tan. bella...

—¿Y el señor? —me atreví a murmurar, deseando y temiendo a la vez una respuesta.

Bela pausó como esperando la palabra justa. Su semblante se endureció y respiró profundo antes de sentenciar fríamente:

—Ni el luto guardó. No habían pasado seis meses desde la muerte de Charlie cuando se trajo una negra a vivir en la casa.

La voz de Bela sonaba ahora lejana. Aunque mi pecho apretado delataba el peso de la angustia, una curiosa sensación de liviandad flotaba incorpórea en mi cerebro, embotando el puñal que hurgaba en la herida abierta de las emociones.

—La otra entró allí como una reina. Hacía y deshacía a gusto y gana, se sentaba a la mesa y dormía en la cama del señor. Era como si la señora ya se hubiera muerto. Yo me quedé un tiempo por no dejar sola a Miss Susan, que no tenía quien la cuidara. Pero un buen día preparé mi lío de ropa y fui a colocarme en el pueblo. Aquella negra no era quien para tenerme a mí de criada. El castigo no tardó porque el cielo no es sordo. Poco después, se enfermó el señor y la corteja se le fue, con las prendas y los trajes de la señora, a darse buena vida en Guayama...

Escondido en la hacienda agonizante, perseguido sin tregua por las deudas, consumido por quién sabe cuántos remordimientos inconfesos, apenas dos años había sobrevivido el padre al hijo. De los detalles del sepelio, Bela misma había tenido que encargarse: mandar a hacer la caja de cedro, remendar la levita desgastada, avisarles a vecinos y allegados, fijar con el sacristán la hora de la misa mortuoria. Había sido un final muy discreto: pocos dolientes, ningún pariente, alguno que otro figurón oficial. Sin pompa ni circunstancia, habían bajado su cuerpo a la tierra y la oscuridad a mi alma.

Yo escuchaba, recostada, con los ojos entrecerrados y la consciencia poblada de espectros, el relato sombrío de los últimos días de la señora. Las imágenes de mi fantasía se entremezclaban con las que iba esculpiendo Bela a cincelazos de recuerdos. Con su perfil demacrado de huérfana y su velo rasgado de viuda, Miss Susan resurgía sola de sus cenizas.

Poco a poco lo había dado todo: las colchas de damasco, las alfombras persas, la bandeja de plata con fondo de espejo. Fueron muchos los que se arrimaron hasta los portones, ahora perpetuamente abiertos, de *La Enriqueta* para salir cargados de pequeños tesoros, desde perillas de cristal de roca brutalmente arrancadas a las puertas de caoba hasta fundas de hilo bordadas con el trazo de una ele señorial sin apellido.

Sentada a la cena de su soledad, con las ventanas del comedor trancadas para alimentar una penumbra sin horas, Susan Walker Lind *née* Morse movía cubiertos invisibles sobre platillos agrietados. Del otro lado de la mesa le llegaban, como un croar de cuervos excitados, palabras ofensivas y risas libertinas. Dos voces se batían en febril contrapunto: el timbre hondo y hosco de él y el falsete estridente de la otra. Ella, por suerte, no podía verlos. El biombo de la mujer sentada frente al mar que un día había pintado su hijo muerto se interponía, como un telón final, entre aquel cuadro despiadado y sus ojos que habían llorado tanto.

El rostro de aquel que por tanto tiempo había dictado el ritmo y la razón de mi pensamiento iba desvaneciéndose con cada palabra como una sombra privada abruptamente de sol.

Con suma lentitud retornó mi mente a eso que llaman realidad. La dedicación infatigable de Bela supo, una vez. más, devolverle la fuerza a mi cuerpo agotado. Tan pronto como pude caminar, Andrés me llevó hasta el mar, donde el aire salado y el ritmo hipnótico de las olas me restituyeron, en alguna medida, la calma.

Una inexplicable quietud se había apoderado del ambiente. Sentado a mi lado, mi acompañante tampoco se movía. Sabía, sin comprender, que su silenciosa presencia era un bálsamo para mi corazón lastimado.

De pronto, Andrés alzó los ojos para seguir con curiosidad el vuelo errático de una gaviota. La luz esplendorosa de la mañana isleña encendió, sobre el fondo moreno de la piel, la belleza pasmosa de su mirada. Una revelación inesperada, ciegamente intuída y sofocada, me asaltó con la artera velocidad de un pájaro de presa. Esas pupilas verdes, poderosas, tan insólitamente desplazadas, ¿qué tatuaje indeleble conjuraban en mi alma?

Un ventarrón de ultratumba atravesó triunfante los corredores de mi memoria".

El 30 de enero de 1886, Miss Florence Jane aguardaba junto a su valija, en el puerto de Arroyo, la yola que habría de conducirla hasta el barco. Recostado contra un muro, el hombre alto, de cabellos y bigote canosos, no cesaba de mirarla. Su indiscreción llegó a incomodarla de tal manera que optó por dar unos cuantos pasos deliberados para interponer entre ella y su impertinente observador una marcada distancia.

Sin amilanarse, el hombre esbozó una sonrisa conciliadora que no le fue reciprocada y se fue acercando suavemente hasta la valija para poder leer, sobre su lomo, el nombre de la propietaria. Entonces dijo, volviendo a sonreír, esta vez con mayor confianza:

—Perdone usted, Miss Jane... tenía que cerciorarme de que fuera realmente usted antes de atreverme a saludarla.

Si el rostro no era ya el mismo, transformado por obra de los años, la voz, en cambio, mantenía aún el timbre juvenil que la delataba. Miss Florence no tardó en reconocer, bajo el disfraz de la edad, aquella nariz larguísima, aquella barbilla abruptamente recortada.

"*Monsieur,* repliqué, tendiéndole una mano que se apresuró a besar, el destino no se cansa de darme sorpresas.

Alvaro Beauchamp aún conservaba la espontánea simpatía y la viril dulzura que siempre le habían distinguido. Habiendo enviudado recientemente, se dirigía a San Tomás, donde debía alcanzar el vapor que lo llevaría hasta Francia. Sus dos hijos habían vuelto a la tierra de sus antepasados, estableciéndose con sus familias en las ciudades de Toulouse y Aix-en-Provence.

¿Y Ernestina, cómo se encuentra?, inquirí, dando por sentado que aún permanecía allá y que el viajero tenía la intención de visitarla. Bajó unos ojos súbitamente ensombrecidos y, en una voz quebrada por la pena, me reveló la muerte, hacía ya muchos años, de su infeliz hermana. Murmuré unas palabras de duelo que me lucieron sumamente inadecuadas. El nombre de Ernestina era apenas un eco en mi pasado mientras que, para él, seguía encarnando una entrañable presencia humana.

La conversación pareció apagarse, lastrada por el peso de los muertos. Las fórmulas de cortesía me habían abandonado y no encontraba qué responderle, qué contarle. ¿Qué interés podía guardar para este ser profundamente acongojado el absurdo relato de mi propio viaje al fondo del sufrimiento? Mis labios titubeaban ante la pregunta que ambos esperábamos y el nombre que ninguno se decidía a pronunciar. Por fin fue él quien —a sabiendas o no— vino a sacarme del difícil trance:

—Tengo cita en París con un amigo mutuo.

No debía, no podía fingir que la alusión había caído en el vacío. René Fouchard era, en esos momentos, el único eslabón que unía nuestras vidas. La conversación tocaba a su fin. La yola se acercaba y los pasajeros avanzaban hacia el embarcadero.

Déle usted mis saludos, por favor, y la seguridad de mi recuerdo, dije, atropellando las palabras mientras le hacía señas a un maletero para que me asistiera con la valija.

Beauchamp volvió a besarme la mano y, sosteniéndome la mirada con una ternura casi paternal, susurró:

—*Place des Vosges* en el *Marais:* puede escribirle a la estación de correos.

El maletero ya se había echado al hombro la valija y gesticulaba, impaciente, para que yo le siguiera.

14, calle Bleeker, Nueva York, respondí, al emprender la retirada, con el supremo esfuerzo de una sonrisa.

Desde la yola, levanté la mano para decirle adiós. Mis mejillas ardían bajo el fogaje del sol. El fulgor del mar me aguaba los ojos, difuminando suavemente, en un acto final de misericordia, los contornos de aquella isla que, ahora para siempre, se alejaba".

A las dos de la mañana, el encabritamiento del agua ha cedido al tedio del sereno. Sólo faltan unas horas para que el

Ciudad de Santander toque por fin puerto en La Habana. Allí, tras descargar los sacos de correo, permanecerá en el muelle el tiempo estrictamente necesario para verificar el estado de las máquinas. Los pocos pasajeros que lleva a bordo esperarán entonces la llegada de la embarcación que ha de llevarlos hasta el continente norteamericano.

En la cubierta, más bien hacia la proa, mira pasar el tiempo una mujer con el cabello gris en desarreglo. Tiembla de arriba a abajo, aunque el aire es muy tibio. Recoge las alas del chal violeta que la cubre y se las cruza alrededor del cuello. No ha podido dormir: la han hecho desertar del camarote ese gemido inconsolable que viene del mar y, asomado al ojo yerto de la ventanilla, ese rostro tan pálido que flota sin cuerpo.

"La luna enciende la estela de espuma que deja a su paso el barco, arrastrando consigo los deshechos de mi existencia. En esta misma embarcación, ligera de equipaje, pesada de recuerdos, viajaba también ella cuando el mar de su exilio quiso lavarle los cabellos.

Tal vez al borde de su salto aéreo, el miedo la hizo vacilar, le restó, por un instante, vuelo. Tal vez se inclinó graciosa sobre la barandilla como apuntando un nombre familiar en su *carnet* de baile. Héla ahí ya por fin, la descasada, con su corona de estrellas de mar, su cetro de caracoles, su manto largo de sargazo. Limpia ya de toda traición, libre ya del amor imposible, su mirada está ahora en paz consigo misma. Las facciones endurecidas han conocido el descanso de la suavidad; su piel ajada se ha tersado. De nuevo ha vuelto a ser la Musa pensativa y bella del cuadro que una vez posó para su padre.

Allá, a lo lejos, una idéntica luna resplandece sobre la oscuridad de la caña salvaje. Sus rayos crueles hieren el palacio en ruinas que ya nadie contempla embelesado. En los espejos rotos de esa soledad, en los pasillos desolados de ese lugar sin nombre, se buscan ciegamente por la eternidad dos almas errantes.

¿Y qué de mí? ¿Resistiré a la oscura tentación? ¿Vestiré esta viudez que ha venido a buscarme tan lejos de mi casa? ¿Quién leerá estos labios mudos? ¿Quién desenterrará mi trunca historia de amor y le pondrá palabras?"

III

Es un día cálido de marzo. Demasiado cálido para tener la estufa encendida. Con la avidez de un animal hambriento, las llamas consumen las migajas que van recibiendo de manos de Miss Florence. Ya falta poca cosa: un dibujo borroso de una ninfa nocturna, una servilleta manchada de *champagne,* prensada entre las páginas de un libro, y un trapo veteado de amarillo que una vez quiso ser un vestido perfecto.

Despojado de su antigua carga, el baúl muestra ahora su fondo desnudo y desteñido. Una humareda espesa huye por la ventana abierta hacia un cielo atravesado por las primeras golondrinas de la primavera.

Para los fanáticos de Luis Palés Matos, el mayor mérito de Guayama es el haber dado a luz al inmortal autor de *Tuntún de pasa y grifería*, sin el cual tendrían que acogerse a la quiebra algunas organizaciones folkóricas del país. "La Ciudad Bruja" ha sido, no obstante, fecunda en materia de literatos, gloriosos y anónimos, a través de toda su historia.

He aquí una falsa crónica satírica que gira en torno al mundillo literario de principios de siglo (1913, para ser exactos). En el centro de la trama, la visita del célebre poeta peruano José Santos Chocano al ya difunto Teatro Bernardini así como el sorpresivo y dramático suceso que puso fin a la velada.

He construido mi relato a partir de los testimonios consignados por Don Adolfo Porrata Doria, historiador de Guayama, y del propio Palés Matos, quien estaba aquella noche en la sala. El protagonista es sólo un figmento de mi fantasía febril. Cualquier parecido con personajes vivos o muertos es totalmente involuntario.

COSAS
· DE ·
POETAS

19·91

Y, al retirarte así, con la guirnalda
Fresca en la sien, se desdobló a tu espalda
Como un telón, la eternidad del verso.

José Santos Chocano
"Lápida",
Soneto a Vicente Palés Anés

El guayamés Don Luis Bona-
foux escribió un artículo desde
Europa, en el que, exaltando las
virtudes de Palés y criticando a
Chocano, decía que Don Vicen-
te había muerto de "chocanitis".

Adolfo Porrata Doria:
Guayama: sus hombres
y sus instituciones

E l vate guayamés Jeremías Gómez D'Avila (así, con el exótico apóstrofo salvador de apellidos pedestres) tenía una única gran ambición en la vida: ver publicados y debidamente reconocidos los cincuentitrés poemarios inéditos que integraban el obeso volumen de sus *Obras Completas.* Y no era que, a los cuarenticinco apenas cumplidos, diera por terminado su fecundo quehacer literario. Por el contrario: era ahora que justamente se sentía en el apogeo de su florecimiento intelectual, en el cenit de su energía creadora. No obstante, las amarguras de la inedición le hacían contemplar a veces el precoz abandono de la lira. Sólo la eventualidad de una muerte súbita le motivaba a conservar el título, inscrito en grandes letras negras sobre el lomo de la abultada carpeta que reunía los regalos de su musa dadivosa.

Tareas más terrenales reclamaban, mientras tanto, su atención. Bajo el ignominioso apelativo de "Míster Gómez", dedicaba sus días a la ingratísima tarea de alfabetizar a las masas incultas que abarrotaban las inhóspitas aulas de la escuela Jorge Washington. Su principal fuente de solaz era el *Parnaso Juvenil,* club que él mismo había fundado para "el cultivo de los bienes del espíritu". Las "asambleas" quincenales, que debían alentar el desarrollo de nuevas vocaciones poéticas entre el alumnado, servían más bien de desahogo a la frustración artística de Jeremías. Ejerciendo sin rival el monopolio de la palabra, aprovechaba la ocasión para declamar, con vibrante voz y dramático gesto, una nutrida muestra de su prolífica inspiración que proponía como ejemplo de buen decir y perfecta versificación a los jóvenes aprendices del oficio. Ni el ocasional cabeceo de algún muchacho ni la escasez cada vez más obvia de la audiencia podían frenar la catarata incansable de su verbo. Hasta pasadas las seis de la tarde retenía a sus prisioneros, pausando en contadísimos momentos para permitir la lectura de uno que otro poema escrito por los sufridos *parnasianos.* Como la crítica resultaba tan acerba y era invariablemente seguida por nuevas declamaciones aleccionadoras, los asistentes — aquellos chicos de mayor timidez o peores notas— preferían adelantar la hora de la liberación reservándose adrede los frutos de su talento.

Dos veces al año, Míster Gómez organizaba unos Juegos Florales cuyos ganadores debían leer los poemas laureados el día del cierre semestral ante maestros, padres y alumnos reunidos para este fin en el patio de la escuela. Cuentan las malas lenguas un enojoso incidente que el apego a la verdad nos obliga a revelar: Bajo el secreto amparo del seudónimo, Jeremías osó, en más de una ocasión, presentar a certamen odas y elegías de su propia cosecha que procedió, como jurado único, a premiar sin el menor escrúpulo.

El alivio que producían estos efímeros interludios de gloria en su alma atribulada por la vulgaridad de la existencia en "una aldea que se sueña ciudad" (según el verso final de uno de sus más preciados sonetos a Guayama) no llegaba a compensar por aquella "soledad inexpugnable del genio incomprendido" (op. cit.) que era ya su segunda naturaleza. De los "poetastros" locales ni podía ni quería conseguir el apoyo. Una vez le había mostrado algunos versos a Felipe Dessús, quien había tenido los pantalones de aconsejarle que siguiera dedicándose al magisterio. Intentó, incluso, entablar correspondencia con quien en la segunda década del siglo XX ostentaba sin competencia el envidiado título de Poeta Nacional, enviándole un gigantesco paquete con las copias manuscritas de sus cincuentitrés poemarios. Ni una tarjeta de Navidad recibió del excelso Luis Lloréns Torres: sólo el cruel y silencioso retorno postal de sus *Obras Completas.*

Si éstas no habían visto todavía la luz editorial, no era únicamente porque a Jeremías le indignara la idea de costear él mismo su publicación sino porque tampoco contaba con los recursos para hacerlo. A pesar de su soltería empedernida, las obligaciones familiares limitaban drásticamente sus gastos personales. La madre, Doña Crucita Dávila (sin apóstrofo) viuda de Gómez, que mostraba poco o ningún interés en la carrera literaria de su único hijo varón, dependía totalmente, para el sustento de sus tres hijas, su hermana "enferma de los nervios" y el suyo propio, del muy modesto aunque elástico sueldo del poeta. La ausencia de editores solventes y prestigiosos en "la ínsula bárbara" (título de su poema épico en tres cantos) donde le había tocado reencarnar martillaba el último clavo mohoso en la cruz de su anonimato.

Así andaban los ánimos del "Ruiseñor Brujo" (seudónimo usado en los susodichos Juegos Florales que le desgraciaron para la posteridad) cuando leyó en el *Puerto Rico Ilustrado* un titular que lo estremeció de pies a cabeza:

POETA PERUANO EN *TOURNEE* BORICUA

Con mano temblorosa, Jeremías acercó la página a sus gruesos lentes de culo de botella para registrar con avidez la asombrosa información. Al descubrir el ilustre nombre del bardo sudamericano cuya inminente visita anunciaba el artículo, su corazón latió desbocado. ¡Se trataba nada menos que del inmortal Cantor del Tequendama en persona! Con la generosidad de una deidad benévola que se manifiesta ante los ojos del más humilde de sus adoradores, José Santos Chocano se dignaría descender de sus alturas machupichescas sobre la arena de la oscura Antilla. Y lo más sensacional, lo más insólito de todo: ¡la gira incluiría, milagrosamente, a "las provincias"! Con la pléyade de *literati* que todos los jueves y sábados se daban cita en las mesas cojas y pegajosas de *La Vaquita Negra* para dedicarse al autobombo y el escarnio ajeno, Guayama no habría de ser ciertamente la excepción. Jeremías sacó un lápiz rojo del bulto depositario de sus *Obras Completas* y subrayó cuidadosamente la línea que fijaba la llegada a la capital para el 5 de noviembre de 1913, la fecha más crucial de su hasta entonces aburrida vida.

Más tarde, en la plaza, hablando con Felipe Dessús —quien, como ya se sabe, no era santo de su devoción— supo que los organizadores ni siquiera habían previsto la visita de Santos Chocano a la "Ciudad Bruja". Para poder gozar del privilegio de verlo, los culturosos sureños tendrían que trasladarse en carro público hasta el teatro La Perla de Ponce. Semejante iniquidad había desatado la furia de los poetas guayameses y ya se hacían diligencias para corregir tan afrentosa decisión. Esa misma noche, Jeremías redactó una carta de cinco páginas y la envió a dos periódicos de San Juan, sencillamente por si acaso. Ninguno la publicó.

Demás está reseñar la desquiciante espera que consumió los días y las noches de Míster Gómez. Baste con señalar que jamás dos semanas transcurrieron más lentas y agónicas en la vida de nadie. Descargó su impaciencia sobre la página en blanco, llegando a retar el récord establecido por el propio Fénix. Hasta en medio de una clase, mientras los alumnos batallaban con alguna selección del *Libro Primero* de Juan B. Huyke, colaba discretamente algunos versos en su cuaderno de planes. Fue así como compuso, la víspera del día cumbre, el primer cuarteto del "Canto al Esperado" —soneto en homenaje al autor de *Fiat Lux*— que terminaría con grandes dificultades en su casa, exprimiéndole los últimos versos a su repentinamente estreñida imaginación después de las tres de la madrugada.

Y el 5 de noviembre, tal cual anunciado, por fin pisó suelo puertorriqueño el insigne pie peruano. Muy a su pesar, Jeremías se vio en la obligación de permanecer en Guayama. La histeria que se apoderó de la tía, Doña Encarnación Dávila (sin apóstrofo), al saber que su sobrino único tenía la intención de marcharse a San Juan por unos días, influyó hasta cierto punto en el ánimo del poeta. Pero, en honor a la verdad, el disgusto que le provocaban las adulaciones de los lambeojos que seguramente correrían detrás de Santos Chocano a toda hora del día y a través de toda la romería de tertulias y recitales que le tenían programados pesó mucho más gravemente en su decisión final. Más decoroso luciría, al fin y al cabo, en lugar de precipitarse hacia la capital, permitir que el bardo de *Alma América* viniera al encuentro del homólogo en su propia ciudad natal. Y aunque en la "Villa del Guamaní" no escaseaban tampoco los alzacolas, por lo menos quedarían sanas y salvas las apariencias y la dignidad.

En lo que el egregio visitante saltaba de casino en ateneo y de pueblo en pueblo repartiendo autógrafos, posando para fotos y haciendo declaraciones altisonantes del tipo: "En Puerto Rico se da la más alta civilización de Hispanoamérica", Jeremías languidecía contando los días que faltaban para el ansiado recital.

Trabajo le costó dominar la acuciante nerviosidad que le impedía concentrarse en la crucifixión de los disparates estudiantiles. En mala hora se le había ocurrido asignarles una composición sobre los poetas ilustres de Puerto Rico. Hasta el mismísimo Jorge Washington, santo patrón de la escuela, había caído en el ecléctico sancocho de su ignorancia.

No hay mal que por bien no venga, se repetía, acariciando las páginas del ejemplar tan esmeradamente recopiado por él y tan tajantemente rechazado por Lloréns Torres. Las *Obras Completas* tenían otro destinatario como su autor otro destino. Y la magia de ese pensamiento hizo nacer otro soneto.

El 11 de noviembre cayó sábado. Jeremías estuvo el día entero preparándose para la magna velada. Había mandado a planchar su traje blanco de dril y a brillar sus zapatos de charol negro. Doña Crucita le había remendado muy hábilmente la chalina roja roída por las cucarachas. A fuerza de aceite de coco había logrado Míster Gómez domar su cabellera crespa y sus abundantes patillas. Y se había afeitado la sombra de la barba con tal vigor que sus mejillas mostraban ahora los vestigios del desastre. Por primera vez en mucho tiempo, silbaba alegremente al frotarse con alcoholado el lomo rebelde del cuello.

Su puntualidad obsesiva lo tenía listo una hora antes de lo previsto. Gracias a lo cual, pudo darse cuenta del terrible *faux-pas* que había estado a punto de cometer: no había consignado aún una dedicatoria en el volumen que pensaba entregarle personalmente al creador de *Los cantos del Pacífico*. Sin sentarse, para no estrujar prematuramente el pantalón impecable, reflexionó un instante, mojó en tinta negra la pluma de ganso que reservaba para las ocasiones especiales y, sonriendo satisfecho, improvisó un dístico que le pareció bastante ingenioso:

"Al sublime Cantor del Tequendama
De su colega, el Vate de Guayama."

Y garabateó su firma a través de la página, sin olvidar el elegante cuarto menguante del apóstrofo.

Finalmente, se contempló larga y críticamente en el espejo, aprobó el conjunto, ensayó una sonrisa comedida (entre lo cortés y lo *blasé*) y se sentó a esperar que fueran exactamente las siete menos diez para salir caminando sin prisa hacia la plaza.

"Joya de arte y acústica", llama Don Adolfo Porrata Doria, historiador de Guayama, al hoy desaparecido Teatro Bernardini. Construido a la imagen y semejanza de un teatro europeo que nadie acierta hoy a identificar *(La Scala* de Milán, dicen unos; l'*Opéra* de París, alegan otros; y aun hay quienes invocan al Partenón sacrosanto), era el símbolo del refinamiento y la sede de todo acontecimiento trascendental en la vida social de Guayama. Y allí, por supuesto, estaba congregada esa noche la flor y nata de la intelectualidad sureña, incluyendo delegaciones de pueblos tan cercanos como Arroyo y tan lejanos como Maunabo.

Por retardar hasta el último momento su entrada, Jeremías, que tanto detestaba el tumulto, tuvo que atravesar el vestíbulo a empujones con su inseparable bulto a cuestas. Damas y caballeros emperifolladísimos, que no se veían sino en las bodas y los funerales, habían abandonado la paz de sus balcones para lanzarse al *Maelström* de los noveleros que, en pos de un tema de conversación, hacían reventar el teatro.

Igualmente atiborrados de espectadores estaban la platea y los palcos. Tras mucho estirar el cuello desde el pasillo para tratar de localizar una butaca vacía, oyó una voz que susurraba desde la penúltima fila:

—Míster Gómez, pssst... Míster Gómez...

Buscó, molesto, al autor del susurro que osaba descubrir su plebeyo *nom de guerre* y su mirada airada recayó sobre un muchacho que mostraba con el dedo un asiento justo detrás del suyo. Reconoció al joven Palés Matos, versificador diletante que había tenido la suprema audacia de asistir, en compañía de un alumno de la Washington, a una reunión del *Parnaso Juvenil* para luego abandonar el aula antes de que el maestro despachara. Aún así, por temor a tener que permanecer de pie durante toda la velada, aceptó la invitación y fue a sentarse —con cara de palo y nalgas de piedra— en la última fila, colocando cuidadosamente entre sus piernas el bulto sagrado.

El público hervía de entusiasmo. Aplausos repetidos y hasta algunos pitos (de mal gusto, según Jeremías) reclamaban el comienzo de la *soirée*. Se rumoraba que el insigne andino ya se hallaba tras bastidores y que había entrado subrepticiamente por la salida de emergencia. Jeremías se movía, incómodo, en la butaca, tratando en vano de alejar su codo inmaculado del de la señora del perfume barato arrellanada a su lado. Palés Matos volteó la cabeza hacia detrás en par de ocasiones, murmuró algo al oído de su compinche y ambos se unieron en una franca carcajada. El Vate de Guayama tuvo que sobreponerse a la extrema susceptibilidad que era su talón de Aquiles para seguir padeciendo la tortura de aquella espera prolongada.

De pronto, subió el telón, develando un semicírculo de sillas vacías alrededor de un atril decorado con un gran lazo azul celeste. En seguida desfilaron —desde ambos lados del escenario— para ocupar las mentadas sillas, toda una pléyade de luminarias literarias: Balbás Capó, Hernández López, Cautiño Insúa, Mestre, Lefevre, Dessús, Cervoni Gely y el propio dueño del teatro, Bernardini de la Huerta. Soplapotes amantes del figureo, pensó, indignado, Jeremías mientras buscaba un hueco entre las cabezas para infiltrar su torva mirada.

Aún quedaban tres sillas sin jinete, una a cada lado del semicírculo, y en el centro, otra, de espaldar alto terminado en cabeza de león rugiente, que tenía todo el imponente aspecto de un trono. Los aplausos se tornaron delirantes cuando hicieron su entrada triunfal, con las debidas pausas para que cada uno pudiera ser debidamente ovacionado: Don Vicente Palés Anés, Don Luis Lloréns Torres y Don José Santos Chocano. La felicidad inefable de poder posar ojos en la forma mortal del "Esperado" se le amargó bastante con el buche de rencor que experimentó Jeremías ante la presencia imprevista de Lloréns Torres. El público, sin embargo, aclamó al Trovador de Collores casi más que al peruano, quien fue a reinar muy circunspectamente en el trono que le correspondía.

Y fue Lloréns quien abrió el acto con su soneto "Guayama", de cuya calidad opinó —un tanto prejuiciadamente— el "Ruiseñor Brujo" que se trataba de una verdadera ofensa estética a su patria chica. La concurrencia, obviamente, no compartió este severo parecer y, para desgracia de Jeremías, hasta pidió un bis, a lo que accedió sonriente el poeta.

Don Vicente Palés Anés, —padre, dicho sea de paso, del joven que le había conseguido asiento a Míster Gómez— tenía a su cargo la salutación oficial de los guayameses al artífice de *El alma de Voltaire*. Jeremías apretó los dientes y se preparó para el embate del prosaísmo más abyecto. Emocionada hasta la gaguera, la voz trémula de Don Vicente declamó entonces:

"En estas horas de que tú eres dueño
Sé que es justo silencio se demande:
Pues es bien torpe y desmedrado empeño
Hablar en verso al que en verso es grande."

Poco le faltó a Jeremías para llevarse las manos a los oídos. Sus bufidos de rabia se sucedieron tan espontáneamente que su vecina le dirigió una agria mirada de reproche, procediendo a enterrarle el codo en las costillas. Si el joven Palés Matos escuchó las descorteses reacciones del fundador del *Parnaso Juvenil* es algo que jamás se sabrá. Lo cierto es que ni se dio por aludido y siguió atento al soneto de su padre, quien ahora tildaba a Santos Chocano de "cóndor colosal del Ande" y a sí mismo de "pájaro mosca del jardín isleño", para la gran hilaridad de Jeremías.

Una ovación atronadora cerró la intervención de Don Vicente y precedió el discurso de bienvenida de Bernardini y la inevitable semblanza del poeta, que leyó Balbás. Incontables aplausos más tarde, llegó por fin el turno del homenajeado. Jeremías respiró aliviado y volvió a reclamar, de un codazo, el brazo de la butaca.

José Santos Chocano expresó su agradecimiento por las alabanzas de las que "tan inmerecidamente" había sido objeto, y, habiendo pronunciado algunas citas citables en torno a las bellezas naturales de Guayama, la proverbial hospitalidad de los puertorriqueños y la hermosura legendaria de sus mujeres, dedicó su poema "Playa tropical", escrito durante su estadía en la isla, "a todas las encantadoras damitas presentes". Huelga decir que tal dedicatoria hizo correr una corriente de placer entre las paredes del teatro. Hasta Jeremías sintió aflorar una sonrisa. El alborozo general tomaba proporciones espasmódicas cuando se escuchó la estrofa más atrevida, que hizo sonrojar a algunas señoras, abrir los ojos a algunas señoritas e intercambiar miradas desconcertadas a esposos y novios:

"Oh, qué ganas tenía, Madre Naturaleza,
De correr por las playas y reír y cantar
Y sentir este impulso de vivir la belleza
Y arrancarme las ropas y lanzarme en el mar."

Pero como la mayoría aplaudía a rabiar cada sílaba que caía de los labios del poeta, la calma volvió a instalarse en las mentes malpensadas y la melodía mesmerizante del acento peruano a cautivar los oídos suspicaces. La obertura de "Tarde antillana" levantó un suspiro colectivo:

"En el verdor espeso de los cañaverales
La tarde se pasea como convaleciente".

Jeremías cerró los ojos, aliviado por el bálsamo de la verdadera poesía.

La velada tocaba casi a su fin. De repente, henchido de orgullo regional y enardecido por el lirismo del ambiente, alguien hizo una petición que todos respaldaron a viva voz: que Palés Anés recitara un fragmento de "El Cementerio". El público, que había recogido con brío la consigna, animó al poeta con un largo aplauso. Don Vicente abandonó su silla, conmovido, y llegó hasta el atril. Dijo unas palabras de agradecimiento y, sin hacerse rogar más, entregó los lúgubres versos de su ópera máxima:

"¡El cementerio! el tenebroso asilo
En donde el hombre en polvo se derrumba
Donde duerme tranquilo
Con el pesado sueño de la tumba..."

Con la intención de apostarse en la puerta trasera del

teatro para interceptar la salida de Santos Chocano, Jeremías agarró su bulto y empezó a levantarse. Su vecina volvió a castigarlo con una mirada acuchillante. El murmuró un desganado "con permiso" para abrirse paso y ya se deslizaba fila abajo cuando algo, tal vez el bordoneo alarmado del público o el hilo quebrado de la voz del declamador, lo hizo mirar hacia el escenario.

El semblante de Don Vicente lucía muy pálido. Sus manos, que batían el aire como aspas en ampulosos ademanes, se aferraban ahora al atril en busca de sostén. Aun así, continuaba recitando:

..."Es la ciudad augusta de la muerte,
La final etapa del camino,
La postrer emboscada de la suerte,
El último sarcasmo del destino."

Con un gesto de dolor, alzó la mano en saludo a la audiencia y se movió lentamente hacia la silla. Antes de que pudiera alcanzarla, las piernas lo traicionaron y se desplomó en los brazos de los colegas que, al percatarse de su malestar, ya se habían levantado para socorrerlo.

La gente se había puesto de pie. Algunos vociferaban su alarma. Otros permanecían mudos ante la escena que acababan de presenciar. Jeremías tuvo que dar un vigoroso empujón para poder avanzar hasta el pasillo. Desde allí vio al joven Palés, atrapado en la multitud, tratando en vano de llegar hasta el proscenio, donde Lloréns Torres anunciaba oficialmente que Don Vicente se hallaba indispuesto y le rogaba al público que mantuviera la calma.

En el vestíbulo se habían amontonado los curiosos que no habían logrado ganar acceso a la sala. Jeremías alzaba el bulto sobre su cabeza en loco intento por adelantar algunos pasos. Presa de la desesperación, presentía la imposibilidad del ansiado encuentro y eso bastaba para renovar sus fuerzas. Atropellando a cuantos tuvieron la desgracia de estar en su camino, salió a tropezones del teatro. Miró a su alrededor para cerciorarse de que nadie lo estuviera viendo y echó a correr sin pudor por la calle Derkes hacia la Baldorioty.

No bien divisó, con la respiración entrecortada, la parte posterior del teatro, redujo la velocidad para recuperar la compostura. Tuvo la mala idea de pasarse la mano por el cabello aceitoso y fue preciso detenerse a limpiársela con el pañuelo que Doña Crucita le había metido a última hora en el bolsillo.

El tropel se había desbordado en la calle y una línea enorme se extendía desde ella hasta el balcón del licenciado Bernardini de la Huerta, a donde habían trasladado al pobre Don Vicente. Jeremías buscó intranquilo el rostro indio del peruano entre el gentío. Estando a punto de perder las esperanzas, se le ocurrió que el poeta podía encontrarse aún, detenido por sus admiradores, en el teatro. Y ya se apresuraba hacia la puerta trasera del edificio cuando Felipe Dessús le salió al paso.

—Lo tienen en casa de Don Tomás —dijo Dessús, pensando que el maestro andaba a la caza de noticias frescas.

—Sí, sí, ya sé —dijo Jeremías, disimulando apenas su impaciencia —¿Y el poeta, dónde está el poeta?

Dessús lo miró a los ojos y, regalándole una sonrisita maliciosa, ripostó:

—Poetas es lo que sobra en este pueblo, Míster Gómez. ¿A cuál de ellos se refiere?

Sosteniéndole la mirada, Jeremías disparó a quemarropa:

—Al único merecedor del nombre: el invitado.

Dessús iba a seguir de largo. Pero, quién sabe por qué razón secreta, prefirió contestar, con un frío glacial en la mirada:

—Si de veras lo es, supongo que estará donde debe estar: al lado del enfermo.

En ese preciso instante, salió al balcón el dueño del teatro para anunciar con los ojos aguados:

—Señores y señoras: Don Vicente Palés Anés ha muerto.

El sereno había refrescado y una llovizna fina picoteaba la calle. Jeremías aguardaba aún, el bulto abrazado al pecho, bajo un árbol de nísperos frecuentado por los murciélagos. Pasada la medianoche, salió al fin, seguido por los poetas anfitriones, "El Esperado". La presencia de Lloréns Torres en el grupo enfrió a Míster Gómez. Sabía a dónde se dirigían y hasta allí los siguió discretamente desde lejos.

Refugio de poetas y bohemios, *La Vaquita Negra* permanecía abierta hasta las altas horas en ocasiones meritorias. Esta noche no había guitarras y los pocos presentes sorbían sus tragos sin la algarabía que era lo propio de un cafetín de artistas. Los bardos juntaron dos mesas y pidieron una botella de ron, una orden de chicharrones y una olla de sancocho para todos.

Desde un banco en la plaza, Jeremías espiaba el más mínimo gesto del Cantor del Tequendama. Se veía tenso y cansado pero su sonrisa afable aún no se apagaba. Los ánimos, restaurados por la comida y la bebida, se iban sobreponiendo a la tristeza para encontrar en el chiste la celebración de la vida. La brisa de la madrugada llevaba hasta los oídos de Jeremías la risa franca de los poetas.

Un borracho, dormido bajo el banco que sostenía las mullidas nalgas del autor de las *Obras Completas,* abrió los ojos de momento y pasó la cabeza entre las piernas de Jeremías para verle la cara. Sorprendido y disgustado, Míster Gómez se levantó y fue a posar su humanidad sobre otro banco. El borracho no se dio por vencido. Con una vocecita de niño castigado, interpeló al maestro:

—Oye, mijo, ¿no te quedará un chavito por ahí para este pobre abuelo?

La pregunta fue providencial. Como dos bombillas negras se encendieron los ojos de Jeremías. Ahí, tendido frente a sus pies, estaba el enviado del destino, su salvador, su mensajero. Sacó el centavo del bolsillo y, con una amabilidad muy poco usual, se inclinó suavemente hacia el viejo.

—¿Ves aquel señor, el del gabán azul marino que está sentado en el medio?

El borracho entró dando tumbos. Todo el mundo se viró para verlo. El mozo dio un manotazo sobre el mostrador y gritó:

—¡Echa pafuera, Caneco, aquí no te quiero!

Caneco izó el pedacito de papel como si fuera una bandera blanca y, mostrando con el dedo a Santos Chocano, siguió caminando hacia la mesa de los poetas. La vista nublada por el ron le hizo perder la puntería y colocar el mensaje frente al plato vacío de Lloréns Torres. Pensando que venía del velorio de Don Vicente, el Cantor de Juana Díaz lo abrió sin pérdida de tiempo.

Afuera, Jeremías apenas podía contener su rabia. Si hubiera podido estrangular al viejo, lo hubiera hecho sin remordimientos. Menos mal que sólo había invitado al peruano a un solitario *rendez-vous* en la plaza y que había tenido la sabia precaución de no firmar su nombre gracias a su eterna desconfianza.

El papelito estaba ahora en manos de su legítimo destinatario. Jeremías se había corrido en el banco para conservar el anonimato. El borracho encontró con dificultad la puerta de salida para volver a reclamar su justo pago.

Mientras increpaba al viejo por el error garrafal que había cometido, negándole, de castigo, el centavo, Jeremías vio, con el corazón galopante, al Cóndor de los Andes levantarse y caminar hacia la acera. Para librarse de la insistencia del borracho, terminó por lanzarle la moneda.

El poeta había cruzado la calle y ganado la plaza cuando el Vate de Guayama salió a su encuentro.

—Buenas noches, ¿fue usted...? —inquirió cortésmente el Cantor del Tequendama.

—Efectivamente —respondió Jeremías, haciendo esfuerzos considerables por dominar las traidoras cuerdas vocales. Y antes de que le fallara el valor, abrió el bulto, extrajo el grueso manuscrito y lo depositó religiosamente en las manos de Santos Chocano.

—Está dedicado. —añadió, enseñándole el dístico genial y garabateando rápidamente su dirección al pie de la página.

El peruano le estrechó la mano y le agradeció efusivamente el regalo. En la ofuscación, hasta lo invitó a darse un trago. Jeremías maldijo a la progenitora de Lloréns Torres y murmuró un pretexto cualquiera para negarse. Y el ídolo volvió al café con el manuscrito bajo el brazo.

Aún en garras de la más viva emoción, Jeremías emprendió muy a pesar suyo el regreso a casa. No quería ser testigo voluntario de las reacciones de los poetastros. La noche había sido perfecta. ¿Por qué permitir que la opacara una nube de mezquindad?

El domingo amaneció lluvioso. Crucita no quería dejarlo poner un pie fuera de la casa. Te va a dar pulmonía, repetía sin cesar mientras Jeremías buscaba por todas partes el paraguas. Serían las ocho de la mañana cuando atravesó la plaza. Con un periódico sobre la cabeza, Felipe Dessús salía de la farmacia. Fiel a su reputación de buen informador, anunció, al ver pasar a Míster Gómez:

—El entierro no sale hasta mañana.

—¿Y el poeta, se queda? —preguntó el maestro, súbitamente interesado.

—Hasta ahí llego yo. —dijo Dessús, —Pregunte en el café y después me cuenta.

Las puertas de *La Vaquita Negra* estaban abiertas de par en par. Junto al mostrador, un limpiabotas esperaba a que escampara. Con un paño sucio y estrujado, el mozo se empeñaba en brillar vasos.

Jeremías fue directamente a la mesa que, la noche antes, había ocupado el autor de *Las mil y una aventuras*. Pidió un café pulla y un pedazo de pan sobao con mantequilla. Preguntó entonces con estudiada indiferencia:

—¿Ya se fue Santos Chocano?

El mozo se rascó la cabeza. Jeremías tuvo que traducir a buen cristiano:

—Que si se fue el señor aquel que recitó anoche en el teatro.

—El que se fue bien ido fue el pobre Don Vicente —dijo el mozo.

Jeremías suspiró, resignado a tener que recurrir a otras fuentes más fidedignas para averiguar el paradero del poeta. El mozo trajo la orden. Al colocar la taza y el platillo sobre la mesa, su vista tropezó de pronto con algo.

—¿Esto es suyo, Míster? —preguntó, inclinándose para recoger el grueso paquete asomado entre las patas de una silla.

El manuscrito cayó contundente sobre la mesa. Jeremías movió pesadamente la cabeza.

—Cuidado que no se le vaya a quedar —advirtió amablemente el mozo.

Y esas palabras obsequiosas traspasaron el pecho del maestro como una puñalada.

"La Ciudad Señorial" ha sido escenario de grandes tragedias. Baste evocar la tan reciente catástrofe de Mameyes y la difícilmente olvidable Masacre de Ponce.

Basado en entrevistas y reportajes, este relato recrea, desde una cotidianidad que se agrieta de repente, aquel siniestro Domingo de Ramos. Aunque retocados por la imaginación, los personajes del Fiscal, su familia, el Coronel y el fotógrafo del *Imparcial* son tan históricos como los sucesos ocurridos en las calles Marina y Aurora el 21 de marzo de 1937.

Para contar este cuento, estuve oyendo voces por bastante tiempo. Hasta el infame General Blanton Winship, autor intelectual del crimen, reclamaba desde el infierno tiempo igual para dar su versión de los hechos. Por obra y gracia de la arbitrariedad autoril, ningún punto de vista me pareció tan seductor como el de la pequeña Lilianne, quien —paradójicamente— no estuvo presente.

PUBLICA
SESINOS

UN DOMINGO DE
LILIANNE

Por respeto a mí mismo, no interrumpiré el silencio de los muertos. Y mantendré mi relato libre de nombres en toda referencia a los que fueron protagonistas en la Masacre de Ponce; porque los más de ellos traspusieron ya la frontera de la vida y el que yo recuerde sus ejecutorias me parece pena suficiente para los pocos que aún viven, aguardando su turno de salida y escurriéndose como sombras que huyen de su pasado.

Rafael Pérez-Marchand
*Reminiscencia histórica
de la Masacre de Ponce.*

108

Cada vez que vuelve a despertar en mí la memoria de aquel día, revivo el rito inalterable que marcaba el principio y el fin de todas las semanas de mi infancia.

Todos los domingos íbamos a *La Concordia,* la finca de mi abuelo en el barrio Real Abajo de Ponce. En el asiento trasero del *Packard* cuadrado, mis tres hermanas, mi hermano y yo nos peleábamos las ventanas. Desde que dejábamos atrás la avenida Hostos para atravesar la ciudad y alcanzar el desvío hacia Juana Díaz, hacíamos mil maromas antes de acomodarnos mientras Mamá nos regañaba por la gritería y Papá nos observaba, divertido, en el espejo.

A mí me gustaba dar la vuelta por la Plaza de las Delicias, ver a las muchachas estrenando vestidos y a las señoras entrando y saliendo, con sus velos y sus abanicos, de la catedral. Pero prefería cruzarla a pie con Papá las tardes que me permitía acompañarlo a la barbería porque parábamos siempre en el carrito de Eusebio para comprar el mejor helado de vainilla que he probado en la vida.

Aquel domingo, salimos un poco más tarde que de costumbre. Papá nos había llevado la noche antes al Teatro La Perla a ver una zarzuela contra las protestas de Mamá: *La Casta Susana* era, según ella "demasiado fuerte" para nuestros tiernos oídos. Nos habíamos acostado después de las diez, lo que en mi casa se consideraba, además de un riesgo para la frágil salud de los niños, un verdadero abuso de confianza.

Desayunamos poco, en preparación para el arroz con pollo de Mamina allá en el campo. En lo que Mamá me ponía sobre la cama *el pinafore* color de rosa con su cuellito de encajes, hice los ejercicios con Papá en el ranchón del patio. A las once, estábamos ya en camino y pidiendo a coro bajarnos en la plaza para comer piraguas. La gente pasaba con sus palmas bendecidas en las manos, lo que nos hacía redoblar las súplicas y triplicar las ganas. Con el pretexto de la tardanza, no hubo bajada ni mucho menos piraguas. Por el espejo, Papá me tiró una guiñada de consolación que no me hizo ninguna gracia.

Al pasar frente a la clínica Pila, vimos una gran cantidad de policías caminando por la calle y, naturalmente, quisimos saber si se trataba de un desfile. Es que vienen los nacionalistas, dijo Mamá, cambiando el tema y dando la pregunta por despachada.

Angel venía del Tuque. Había pasado la mañana entera en la playa recogiendo caracoles para hacerles pulseras y collares a las nenas. Había encontrado muchos bien bonitos, orillados en rosa y en violeta. Los llevaba en la canasta de la bicicleta, en una funda prensada entre el candungo del café y la palangana.

Tenía curiosidad por verles la cara a los nacionalistas esos que habían anunciado un mitin con tanta fanfarria. A él no le gustaban mucho esos bretes, pero, de todos modos, no había nada mejor que hacer para matar el tiempo moribundo de un domingo ponceño por la tarde.

Trató de entrar por la calle Marina. Los policías que la cercaban por varios costados no lo dejaron. Hizo el intento por la Aurora y, casi antes de que pudiera llegar a la primera esquina, lo viraron. Entonces se le ocurrió el plan maestro. Dejó la bicicleta recostada junto a un árbol delante del Asilo de Damas y, metiéndose la funda con los caracoles entre la camisilla y el pecho, cruzó cojeando para pedirle al guardia de la carabina larga que daba vueltas nervioso frente al Garage Alvarado que lo dejara ir hasta la Clínica Pila para atenderse un tobillo torcido. El guardia le echó una miradita maliciosa y, encogido de hombros, permitió el paso.

El camino era embreado, cosa poco común en los años treinta, y los flamboyanes que lo flanqueaban a todo lo largo tienen que haber sido escandalosamente rojos para habérseme quedado grabados por tanto tiempo en la memoria. Ese día, a fuerza de argumentos y empujones, yo me había ganado la tan preciada ventana. Al aproximarnos al Coto Laurel, podría ver cómodamente los gansos furiosos de *La Constanza*.

Papá cantaba —y Mamá le hacía el requinto— viejas coplas y danzas. Nosotros deformábamos las caras en muecas increíbles, tratando de aguantar la risa, que estallaba sin previo aviso, más estruendosa cuanto más sofocada.

Desde el balcón de los Amy, en un segundo piso de la calle Aurora, la vista era perfecta: el palco ideal para tomar unas fotos sensacionales. De todos modos, no tenía caso buscar otro: no había un solo balcón que no estuviera abarrotado.

Carlos subió de dos en dos los escalones. Tuvo la grata sorpresa de encontrar la puerta abierta. Al hacerse paso hacia el balcón por la sala repleta de curiosos, notó con creciente mal humor que las mejores posiciones estaban ya ocupadas. Si no hubiese tenido que dejar el carro tan lejos, si la caminata no hubiese sido tan larga... Pero la policía tenía acordonadas las calles más cercanas y ni siquiera su *carnet* de *El Imparcial* le había podido conseguir la dispensa necesaria.

Sacó un cigarrillo del bolsillo del chaquetón y lo encendió con el último fósforo que le quedaba. Entre bocanadas de humo, se puso a estudiar las caras a su alrededor con la esperanza de reconocer a algún amigo que le ayudara a adelantar su causa. En la primera fila, las damas habían colocado taburetes para posar las nalgas, noble y considerado gesto que permitía a los de la segunda el disfrute del panorama. Allí, en medio de dos hombres que discutían a voces los méritos y deméritos del gobernador Winship, estaba la prueba final de que ese día, definitivamente, la suerte no lo acompañaba.

Aún estábamos lejos de la curva de las calabazas cuando empecé a sentir la vaga ansiedad que me asaltaba siempre al anticiparla. Mamá diagnosticaba mareos de viaje pero la sensación no era la misma. Se parecía más bien al jaleo que me agarraba el estómago cuando, jugando al esconder, estaba a punto de ser descubierta.

Por fin apareció el lugar de mis temores, con las cruces de madera que recordaban a las víctimas de la carretera. Conociendo la pata de mi cojera, Papá dejó inconclusa *Felices días* para entonar, con voz deliberadamente lúgubre, *No me pongan flores*. Busqué secretamente la mano de Lolín, que no solté hasta que las atracciones irresistibles del camino volvieron a atraparme los ojos.

Saltar la verja que separaba el hospital del convento no fue nada fácil. La fila de cafeíllos de la India que la bordeaba obstaculizaba el acceso. Las monjas, además, estaban asomadas a las ventanas. Pero, gracias a Dios, demasiado atentas a lo que sucedía del otro lado. Angel se concentró, clavó los dedos como garfios en el muro y, aupando el torso, completó el brinco que lo hizo caer a cuatro patas en tierra santa.

El traslado en hamaca de un vecino hacia un lugar desconocido, que no podía ser otro que el hospital o el cementerio, hizo que mi padre disminuyera la velocidad en lo que pasaba el cortejo. Recuerdo que sólo veíamos, en uno de los extremos de la hamaca, unos pies flacos y amarillos que protuberaban. Mientras cerraba apresuradamente las ventanas para protegernos de los misteriosos virus que flotaban en el aire, Mamá nos explicó que la culpable era probablemente el agua y que por eso mismo había que hervirla diez minutos por reloj antes de atreverse a tomarla.

El río Inabón bordeaba ahora la carretera. La cuaresma había revelado la intimidad de su cauce pedregoso y secado sus pozas espumosas y anchas. Papá se detuvo para que yo pudiera lanzar, desde el carro, las piedrecitas del jardín que había traído en los bolsillos y medir la profundidad de las aguas.

El listo de Conde había llegado temprano, se había colado a fuerza de galanterías entre las damas y ya disparaba alegremente su cámara sobre la multitud que esperaba en las aceras el comienzo de la parada. *El Mundo* tenía más que asegurada su primera plana. Carlos se mordía la lengua de rabia.

En eso, una muchacha pequeña y redondita, de labios tan rojos como los corazones que le salpicaban los volantes de la falda, dijo desde muy cerca, obligándolo a bajar la mirada:

—¿Usted es fotógrafo profesional o aficionado?

La pregunta dejó pasmado a Carlos, a quien las circunstancias del momento se la estaban justamente planteando.

Afortunadamente, su orgullo masculino respondió por él y la muchacha quedó debidamente impresionada.

Bastante cerca ya de la finca, el espectáculo asombroso de lo que parecía ser una casa moviéndose sola por el campo me hizo exclamar, alarmada, que la tierra estaba temblando. La carcajada de Papá le desmontó los espejuelos y Mamá se los tuvo que volver a acomodar sobre el puente de la nariz. No es un terremoto, dijo cuando recobró la voz, es simplemente una mudanza.

Fascinados, observamos el progreso de la casa, empujada por más de veinte hombres y montada en andas. Yo quería saber por qué, en vez de trasladar los muebles a otra vivienda, preferían pasar el trabajo de mudar la casa. Pero no me atreví a preguntar por miedo a quedar en ridículo y provocar la risería eterna de mis hermanas.

Ya en el patio, Angel se disponía a salir de lo más campante por el callejón que separaba el edificio de las Mercedes del de las Josefinas para asomar la cara por el portón, armado con la genial excusa de ser nada menos que el mensajero del Señor Obispo. Pero una monja que lo estaba velando desde que lo había visto saltar la verja le pegó un grito desde la ventana. Suerte que, con la algarabía de la calle, uno siempre podía hacerse el sordo.

El gran portón de hierro con el nombre de la hacienda surgió de entre los árboles de pana. Al pasar por la caseta de pago, vimos la mano alzada del capataz y le devolvimos ruidosamente el saludo. El *Packard* encontró su sitio habitual bajo la sombra del algarrobo.

En el balcón inmenso de la casa de madera, nos esperaban inquietos Mamina y Papiño. ¿Por qué tardaron tanto? ¿Ya empezó aquello en Ponce? ¿Había mucho tránsito? Las preguntas alternaban con los besos y los abrazos. En la cocina, Ursula daba los últimos toques al mofongo gigantesco que reinaba en una bandeja sobre el fogón.

Mi hermano se fue con Papá a conversar con los agregados que habían salido a recibirnos. Ursula y la abuela empezaron a llevar los platos y los cubiertos a la mesa del bohío, en medio del parquecito de las toronjas. Acostumbrada a los ritos gastronómicos corsos, Mamá hubiese escogido almorzar cómodamente en la casa. Pero nosotros no aceptábamos otro comedor que no fuera el del bohío. Mis hermanas fueron a mecerse en los columpios. Yo me perdí por los gaveteros del café, husmeando y explorando los misterios olorosos del grano. Y tan de veras me perdí que, a la hora de sentarnos a la mesa, Mamina tuvo que salir a buscarme.

La conversación no se detuvo ahí. La muchacha le ofreció un sorbo de la piragua de frambuesa, roja como la marca de sus labios en el cono blanco que estaba chupando. Agradablemente sorprendido, Carlos aceptó y la piragua franqueó el espacio entre los jóvenes, cuyas manos se rozaron.

De pronto, el irritante clic de la cámara de su rival funcionó como un reloj despertador sacándolo de su nirvana. Carlos recordó la sagrada misión que lo había traído con tantas dificultades desde San Juan.

—¿Por qué no buscamos otro sitio? —dijo entonces la muchacha, con la cara un tanto sonrojada por el reflejo de la piragua. Carlos, que no pedía otra cosa, ejecutó el deseo como si fuera una orden y entró a formar parte de la masa compacta que en vano estiraba el cuello para enfocar la calle. Al darse cuenta de que ella no lo había seguido, miró hacia atrás y la vio parada, con las manos en la cintura y la deliciosa actitud de una recién casada impaciente, al fondo de la sala. Confusamente, Carlos creyó que le hacía señas para que regresara. Intentó justificarse, apuntando un dedo hacia la cámara. Pero ella movía con insistencia la cabeza y, desgarrado entre el placer y el deber, permaneció indeciso unos instantes antes de retroceder, lo más rápidamente que pudo, para volver al encuentro de la muchacha.

Sin palabras, ella lo condujo hasta la puerta de entrada, desde donde le mostró, con una sonrisa bastante pícara, otra puerta cerrada. Asegurándose de que sólo Carlos y nadie más la acompañaba, sacó del bolsillo un manojo de llaves y metió la más pequeña en la cerradura.

A lo alto de una escalera, un pedazo de azul celeste coronó su confianza. Volviendo a cerrar la puerta tras ellos, corrieron triunfantes hacia la azotea.

Después del almuerzo, viniese quien viniese y pasara lo que pasara, los abuelos siempre siestaban. Papá se dejó caer con un suspiro de satisfacción en la hamaca del balcón. Mamá se recostó, con una novela que había tenido la sabia precaución de traer, en el sofá de la sala.

Lolín aprovechó la retirada de los adultos para darse gusto rebuscando en el cuartito de los cachivaches. De allí regresó con un álbum lleno de viejas fotos despegadas que desató una furia de estornudos y por poco la delata. Carmen y Lina se apoderaron de él y se dedicaron, para mi gran aburrimiento, a examinarlo.

El cielo estaba tan perfectamente azul y la tarde tan deslumbrantemente blanca que no pude resistir al llamado primitivo de los animales. Me acerqué al gallinero con mucho sigilo y toda la mala intención de robar huevos. Pero el alboroto que formaron las guineas derrotó de inmediato mi proyecto.

Entonces me deslicé hacia las jaulas donde crecían y se multiplicaban bíblicamente los conejos. Y estuve mucho rato molestándolos, pullándolos con una rama de limonero y escondiéndoles el alimento. Corrí las cabras, intenté ordeñar vacas y no monté a caballo porque el listo de Papiño los había encerrado en el establo. Envalentonada, llevé mi atrevimiento hasta el mismo barril de los jueyes. Con una vara larga de gancho curvo que servía para tumbar nísperos, los levantaba uno a uno para acercarme a los ojos la amenaza azul de sus palancas y luego soltarlos, desde esa altura, sobre los resignados carapachos de sus compañeros.

Cuando, por exceso de repetición, me cansaron las maldades, la gula frutal me invitó a trepar árboles. Pronto, el suelo se alfombró con las últimas chinas y toronjas de la cosecha. Los mangós, aún verdes, bajaron a regañadientes de sus ramas. Pero fueron las guayabas las que ejecutaron la venganza. No sólo me salieron todas gusaneras sino que las espinas de un limonero guardaespaldas que tenían al lado me dejaron los dedos como si hubiera pasado la mañana guayando plátanos.

Angel ya había llegado al portón y estaba en el acto mismo de sacar el pestillo para deslizarse discretamente hacia la acera cuando lo sorprendió un toque de clarín que lo hizo parar en seco. En seguida, los acordes marciales de *La Borinqueña* se impusieron a golpes de platillos y trompetas. Cerciorándose de que nadie lo estuviera viendo, Angel consideró un instante quitarse la gorra en señal de respeto. La mirada torva de un guardia, clavada en los músicos, lo hizo cambiar de opinión. Los cadetes nacionalistas apretaban las boinas negras contra sus pechos mientras los labios formaban las palabras del himno prohibido.

El aroma del café que estaba colando Ursula volaba por la finca anunciando la proximidad de la merienda. Aunque las frutas me habían revolcado el intestino, la imagen de los panecillos dulces, mansamente alineados en la mesa de la cocina, me decidió a emprender el regreso.

En medio de una copla melancólica, la potente voz de tenor de mi padre voló por el aire quieto:

> No hay corazón como el mío
> que sufre y no da su queja:
> corazón que sufre y calla
> corazón que sufre y calla
> no se encuentra dondequiera.

Era su canción favorita, la que me pedía siempre cuando volvía cansado del tribunal y se tiraba en el sillón de mimbre a las siete de la noche. Me detuve en el estrecho espacio que separaba el almacén de la molienda y, proyectando lo más lejos posible mi falsete débil de niña, respondí con la copla gemela:

> Yo tenía una palomita
> que era mi divertimento:
> se me fue de mi jaulita
> se me fue de mi jaulita
> sin darle ningún tormento.

Papá aplaudió y gritó bravos entusiastas desde el balcón. En ese momento, sin saber aún por qué, se me aguaron los ojos y se me apretó el pecho.

Carlos sintió desvanecerse el mal humor, cosquillearle en

las comisuras de los labios una sonrisa. La muchacha se había sentado en el borde del muro blanco, posando coqueta, con las piernas cruzadas, invitando a la fotografía. Con su habitual destreza, preparó el aparato para complacer a su ángel guardián y, con el pretexto de buscar el ángulo, fue acercándose a ella.

La Borinqueña subió al cielo en alas de la brisa. Por timidez —o quién sabe si más bien por curiosidad— la muchacha volteó la cabeza y esquivó el beso destinado a su boca. Vio a los nacionalistas en atención con sus rifles de palo; vio, detrás, a las mujeres todas vestidas de blanco. Y vio también la fila de ametralladoras Thompson como una oscura frontera entre la vida y la muerte, como un río congelado.

—Mira eso, es una encerrona, —dijo, trazando un círculo ancho con su dedo levantado.

Carlos abrió las piernas, cuadró el cuerpo y dio un paso adelante para tomar su primer retrato. La música cesó. Las boinas volvieron a las cabezas. Una voz dio la orden de marchar. Se oyeron dos detonaciones secas. Un coro lastimero de gritos y gemidos se apoderó del aire.

Antes de que el zumbido de una bala los obligara a tirarse al piso, Carlos pudo oprimir el botón y apresar en el ojo exorbitado de su lente aquella escena de horror que no podría arrancarse nunca más de la memoria.

Herido en la cabeza, Angel apenas tuvo el tiempo de arrastrarse hasta la yerba alta del patio. La gorra agujereada le tapaba la cara. Una larga línea de caracoles derramados se extendía desde su último escondite hasta el portón del convento.

Mamina me estaba llamando. La súbita irrupción de una mariposa de todos los colores me había distraído, prolongándome el regreso. Fue entonces cuando entró por el portón, como un gran escarabajo de mal agüero, el carro negro con un guardia al volante y la insignia de la policía en el parachoques trasero. El graznido insistente del claxon hizo que mi madre soltara la taza humeante de café y bajara corriendo la escalera.

Un velo de humo gris flotaba sobre Ponce cuando se estacionó el carro negro en la encrucijada de Marina y Aurora. Serían las seis de una tarde oscurecida antes de tiempo. La poca gente que había afuera caminaba de prisa con la cabeza baja. Las carabinas largas vigilaban las calles. Sólo las ambulancias burlaban con sus sirenas chillonas el recogimiento de una ciudad sitiada.

El Fiscal tuvo que recostarse de la puerta, aún abierta, para poder sostenerse de pie ante el olor avasallante de la muerte que subía de los adoquines manchados. El bordoneo sordo que llenó sus oídos tapó las palabras del Coronel, cuyas manos delgadas se movían sin gracia en su exaltada descripción del "atentado". Cuando el Fiscal pudo al fin formular, con un hilo de voz, algo así como un sencillo ¿qué pasó? o tal vez un inútil ¿hubo muertos? y dar comienzo al macabro recorrido por las entrañas de un mal sueño, sus ojos azorados descubrieron, en la luz azulosa del crepúsculo ponceño, las palabras pintadas en rojo sobre el zócalo blanco del convento:

VIVA LA REPUBLICA
ABAJO LOS ASESINOS

El Fiscal presintió que esas palabras, trazadas con las últimas fuerzas de una mano moribunda empapada en sangre, tenían el poder de trastornar la vida, una vida que ya nunca más transcurriría plácida como su día de campo de todos los domingos.

Dice Don Edmundo del Valle que, en tiempos del imperialismo español, hubo en Arroyo una célula de la sociedad secreta conocida como "La Torre del Viejo". Nicasio Ledée fue uno de sus líderes más destacados. La tradición oral es ambigua en cuanto al oficio que ejercía Ledée: zapatero, afirman unos; cochero, aseguran otros. Lo que sí queda claro en todos los relatos es su condición de subversivo y de mulato.

Ledée fue encarcelado con un grupo de conspiradores anti-españoles que se reunían en el sector La Sierrita del barrio Palmarejo de Yaurel, en las alturas de Arroyo. Un cambio de gobierno en España trajo consigo la amnistía para los prisioneros políticos. De la cárcel de Ceuta, donde pasó algunos años, regresó hecho un héroe a su pueblo. Sobre la recepción que le brindaron los arroyanos y la inesperada reacción de Ledée, se me ocurrió el siguiente cuento.

EL REGRESO DEL HÉROE

El diecisiete de octubre
del año noventicinco,
gran tristeza con ahínco
dentro de mi pecho tuve.
La tristeza se descubre
dentro de mi corazón:
fui en Guayama detenido
y a la capital traído
llevándoseme a prisión.

Versos populares que rememo-
ran los sucesos ocurridos en el
sector Sierrita del barrio Yaurel
de Arroyo, en 1895.

Rodríguez Bernier.
Historia del pueblo de Patillas.

La Torre del Viejo era una so-
ciedad secreta de fines políticos,
aunque apelaba a medios eco-
nómicos para arrojar a los espa-
ñoles y a los conservadores lejos
de nuestra patria.

Epistolario histórico del
Dr. Félix Tió Malaret

Nicasio Ledée entró a Arroyo
como entraban en los pueblos de
Puerto Rico los viejos capitanes
generales.

Juan B. Huyke

A los grítos de ¡Viva la Torre del Viejo! y ¡Viva Práxedes Sagasta!, avanzaba el gentío con sus jachos humeantes que amanecían la carretera oscura. Sólo los enfermos de cama y los recién nacidos se habían quedado en casa. Nadie que tuviera dos dedos de frente y ojos en la cara iba a querer perderse lo que algunos se empeñaban en llamar "magna efemérides" y otros "pocavergüenza liberal". Para el resto, la llegada de los presos de Ceuta era sencillamente un adelanto de las Navidades.

Mejor no había podido caer la fecha: último día de noviembre, a dos años cumplidos del encarcelamiento y a poco más de un mes para iniciarse el que habría de traer la tan cacareada autonomía del país. Unos estaban al tanto de los hechos que hoy suscitaban tanto regocijo y ayer tanta amargura. Otros no tenían ni la menor idea de las razones que daban pie al festejo. Entre estos felices despistados se contaba Eusebio Quiñones Tirado, alias Chebo Farol, así apodado por su mala o buena costumbre —según quien pase juicio— de alumbrar las oscuras letrinas de Arroyo para disfrutar, aunque fugazmente, de los ocultos encantos de las damas.

¿Quién se murió? fue lo primero que preguntó cuando la gente había empezado a amontonarse en la plaza del pueblo, interrogación que, en ausencia de ataúd, se había convertido sin más ni más en: ¿Quién se casó? Pero como la iglesia estaba más cerrada que las piernas de una monja, tuvo que formular por fin la que probó ser la hipótesis correcta: Un jefe, un cocoroco grande, alguien de mucha monta había llegado o estaba por llegar a Arroyo. A lo mejor —y de ahí tanto fandango— hasta el mismísimo Muñoz Rivera en persona. Con el inevitable ¿quién llegó?

en la punta de la lengua, se inclinó hacia una joven que, del brazo de su señora madre, desfilaba hacia la plaza.

La mala suerte o la Divina Providencia —cuestión de filosofía— quisieron que la doña reconociera con un grito al que, hacía apenas unos días, la había sorprendido en el oloroso santuario del retrete municipal. Chebo Farol se dio a la fuga, cosa que a los cincuentipico no era ya tan fácil como lo había sido a los veinte. Pero la astucia y la experiencia lo sacaron del trance sin mayor daño que el susto.

Se fundió con la masa compacta que bajaba a todo lo largo de la calle Morse y, obligado por la indeseable perspectiva de una vergüenza pública, siguió dando tumbos con ella hasta la calle de San Fernando. No sin las debidas precauciones, estuvo mirando por buen rato hacia atrás a ver si detectaba a la distancia cierto inconfundible moño canoso. Afortunadamente, la enorme multitud se había tragado ya, con la avidez de un pantano, toda seña del indignado objeto de su curiosidad.

Siempre dispuesto a sacar partido de cualquier adversidad, Chebo no había tardado en hallar una nueva diversión. La brisa del mar era su cómplice. Esa noche soplaba fuerte e indiscreta, abriendo las chaquetas de los caballeros y levantando las faldas de las damas. Tanto se distrajo Chebo en la contemplación clandestina de gráciles tobillos y suculentas pantorrillas que por poco queda planchado entre dos cuerpos al recibir un magno empujón por parte de un mulato alto, fuerte y pelirrojo que se imponía, gritando a todo pulmón:

—¡Abranle paso a la familia!

A Chebo le extrañó bastante que un personaje tan de primera como el que seguramente estaban esperando los arroyanos pudiera tener un pariente tan obviamente de segunda. Tal revelación, sin embargo, le despertó las ganas de averiguar el nombre del homenajeado. Preguntar le parecía ahora poco elegante, enmadejado como lo estaba ya en la alborotosa marcha. Aprovechando, pues, el estrecho pasaje que se había fraguado el pariente de marras entre la gente, se lanzó hacia adelante decididamente y al poco rato se halló, con los músicos y los cantantes, a la vanguardia del desfile.

Allí estaba, por supuesto, el mulato pelirrojo que, sin saberlo, había permitido el avance de Chebo hasta una posición tan ventajosa. Al verlo llegar, un grupo de hombres lo había saludado con tres toques en el pecho, uno en cada hombro y otro en la espalda. Volteándose hacia un flaco bigotudo que agitaba frenéticamente una pandereta, Chebo copió medio en broma, medio en serio la enigmática contraseña.

—Tú no eres de Yaurel —dijo en seguida el otro, calándolo de arriba a abajo con bastante desconfianza.

Como Chebo no se atrevió a contestar, el hombre volvió a la carga:

—¿Del grupo de Patillas?

Dándose cuenta de que, si no respondía, difícilmente podría zafársele al panderetero, hizo que sí con la cabeza. El gesto pareció satisfacer a su inquisidor, que sacudió la pandereta con renovados bríos.

Este asunto de sectas y saluditos extraños le daba mala espina. A saber si había caído de cabeza en una burujina de masones o, peor aún, en un embeleco de brujería. Antes de persignarse, miró a todos lados para asegurarse de que nadie estaba mirando.

—¡Que viva Nicasio Ledée! —gritó el mulato pelirrojo con los brazos en alto. Y la muchedumbre coreó con entusiasmo muchas veces el nombre vitoreado.

Conque Nico Ledée, se dijo Chebo maravillado. A ése sí que lo conocía todo el mundo. Era aquel zapatero timidón que una vez le había arreglado, sin cobrarle, la lengüeta del chambón, el mismo que conducía calesas los domingos en la plaza de Guayama. Se lo habían llevado preso hacía unos cuantos años, dizque para Ceuta, por allá por las sínsoras del Africa. Por revoltoso y antiespañol, había sentenciado justiciero el gallego de la farmacia en animada conversación con el médico, el día que Chebo había ido a que le cambiaran el vendaje de la llaga.

127

Como para confirmar sus pensamientos, alguien casi lo deja sordo con un tronante y apasionado: ¡Abajo los cachacos!

Virgen de la Maturena, murmuró entre dientes el impío Chebo, que no entraba desde la primera comunión a la iglesia. Muy devoto de la Madre Patria tampoco era, pero los ecos del componte en los calabozos del Morro le erizaban las barbas a un lampiño. Más valía escabullirse antes de que a la guardia le fuera a dar con venir a repartir porrazos a diestra y siniestra entre esa trulla de separatistas desgraciados.

Cuando llegaban casi al cementerio, se requedó con la idea de irse orillando poco a poco y desandar camino hasta el pueblo. Pero el hombre de la pandereta, que ahora lo trataba como si de niños se hubieran tirado juntos en yaguas por las cuestas empinadas de La Sierrita, le echó un brazo fraternal y, sacándose del bolsillo del pantalón una caneca de ron caña, lo invitó a beber a la inmortalidad de los héroes de Ceuta.

—Eso sí que es un pitorro bien curao —se relamía orgulloso el panderetero, dándole vigorosas palmaditas en el cuello. —Ni en Guardarraya de Patillas, ¿verdá, mi hermano?

Un buen trago no se le rechaza a nadie, pensaba Chebo, empinándose sin reservas la botella. Y, como darse uno solo hubiese sido un desaire —y el yaureliano le había tocado sin querer el lado flaco— siguió chupando fuerte y enjuagándose el gaznate. El ron le amarraba la memoria y le soltaba la lengua. A los cuatro palos, le arrebató la pandereta al otro y dio tres fogosos vivas a Nicasio Ledée como el más macho de los patriotas serranos. A los seis, se sacó un carajo del fondo de la panza para maldecir a los gobernadores peninsulares.

El fuego de los jachos serpenteaba al viento como si quisiera incendiar el cielo de los campos. Entrando ya en la curva de las Guásimas, los ánimos de la comitiva se enardecieron al divisarse el lucerío de los coches que venían, en fila algo espaciada, por la carretera de Guayama.

—¡A alcanzarlos! —gritó el pelirrojo, acelerando el paso mientras la muchedumbre respondía con empuje entre risas y cantos. Chebo no tenía ni la fuerza ni el deseo de correr y se dejó llevar por la marejada humana que se abalanzaba incontenible desde el puerto como un brazo largo y musculoso salido del mar.

El cochero de la primera berlina agitaba a lo lejos el quinqué en señal de reconocimiento. Los continuos vivas a Puerto Rico, a los cuarenticinco de Ceuta, a Muñoz Rivera y hasta al difunto Baldorioty de Castro tapaban con su estruendo los alegres acordes de la música brava que ahora nuevamente se alebrestaba. Sólo el retumbe ensordecedor de los tambores negros de Yaurel era más poderoso que aquel coro endiablado de voces y cuerdas alzadas.

Ya estaba el coche que traía al líder a la próxima vuelta del camino cuando un grupo considerable de sus admiradores arrancó a correr para salir a su encuentro. Tres hombres llevaban la delantera. Entre ellos, se lucía particularmente el mulato pelirrojo, cuya velocidad rayana en el vuelo le merecía el sonoro aplauso de su gente.

Los caballos habían perdido impulso. Se aproximaban lentamente, como prolongando a propósito el suspenso. Azuzado por el panderetero, Chebo había tenido que demostrar, además de su celo patriótico, sus dotes atléticas. Bajo la tiranía del ron y la falta de costumbre, resoplaba fuerte con la boca abierta y una mano prudente sobre el lado izquierdo del pecho. Al borde del desmayo ya, tuvo que detenerse en oportuno pero vano intento de recobrar el aliento. Poco faltó para que le pasaran por encima los que corrían detrás. Uno de ellos le propinó un codazo en los riñones que estuvo a punto de sacarlo de carrera. Dándose vuelta para desquitarse con el coño que llevaba atragantado, vio algo que le quitó del mismo tirón el coraje y el cansancio.

A sólo unas diez filas, oteando el paisaje de rostros que la rodeaba por todos los flancos y aferrada como una sanguijuela al brazo de un guardia civil con cara de presidiario, venía nada menos que la airada víctima de su ligonería, la lívida ménade del moño canoso. De primera intención, Chebo culpó al pitorro de estarle jugando una broma pesada. Una segunda mirada relámpago lo convenció. El rictus apretado de aquella boca no dejaba dudas en cuanto a la determinación inexorable de la doña. Poner pie en polvorosa era lo indicado pero la claridad de jachos y quinqués, aliada a la densidad del gentío, hacían más que imposible una retirada honorable.

Muy en contra de su voluntad, tuvo que echarse a correr otra vez en dirección a los coches. Ya había llegado allí un nutrido grupo, lo que celebraba la multitud con el entusiasmo de un público de gallos. Intercambiaron palabras con el cochero, que daba muestras de estarlas escuchando con muy poco agrado. La amenaza que se cernía cada vez más cercana sobre Chebo le agudizaba esa especie de instinto animal que, ante las emergencias, salía siempre a su rescate.

Se encontraba a pocos pasos del carruaje cuando vio que los hombres intentaban separar, por encima de las protestas del cochero, la berlina de los caballos. El mulato pelirrojo se había subido al estribo izquierdo, seguramente que para ser el primero en saludar a su ilustre pariente. El chofer, mientras tanto, fue obligado a soltar las riendas y bajar a tierra. La confusión que había producido el forcejeo le brindó a Chebo la oportunidad de saltar, con una agilidad sin precedentes, sobre el estribo de la derecha. Desde allí, agachado en precario equilibrio y tenazmente aferrado a una de las ruedas traseras, espió los movimientos del enemigo. Ajena al drama histórico, atenta sólo a la evasiva pista del prófugo cuya carrera de impenitente *voyeur* se proponía cortar de cuajo, la doña volteaba constantemente la cabeza con el ritmo mecánico de una muñeca.

Tan absorto estaba Chebo acechando el menor gesto de la matrona vengadora que casi lo apea a las malas una súbita y violenta sacudida del coche. El pelirrojo, de hecho, cayó al suelo, desde donde siguió dando, como si nada, precisas aunque inútiles instrucciones. Chebo asomó con prudencia la nariz para comprobar que los hombres habían, efectivamente, soltado los caballos, que ahora se disparaban veloces, montados por dos jinetes experimentados, hacia la oscuridad de los cañaverales. La gente se movió al unísono hacia el frente con la obvia intención de levantar en hombros el trono improvisado. La doña y el guardia también se adelantaban, su atención solicitada ahora por el carruaje liberado.

La suerte estaba echada. Quedarse parado en el estribo era exponerse a la cólera de los cargadores. Bajar de él era tirarse de pecho en las fauces abiertas de sus perseguidores. Haciéndose a un lado para poder halar la portezuela, Chebo se deslizó sin la menor vacilación dentro de la penumbra protectora de la berlina.

—Usté dispense, su mercé, —dijo, con la vista baja y toda la humilde discreción que reservaba para ir a reclamar su aguinaldo el día de Reyes —es que tengo esta pierna medio hinchá, miré pallá esa llaga...

Y, alzándose con aire dolido la pata del pantalón, levantó los ojos para encontrarse frente a frente con la nariz chata, los labios gruesos y el bigote de manubrio del solitario pasajero.

Una chispa de reconocimiento alumbró los ojos de Nicasio Ledée.

—Ave María, Chebo, ¿y desde cuándo llama usté "su mercé" al que fue su zapatero?

Chebo descubrió, no sin cierta sorpresa, la picardía desbordante de aquella sonrisa amapuchada. Y ya iba a soltar la carcajada cómplice para reírle tan feliz gracia cuando el zarandeo brutal al que los sometían los que con tanto fervor cargaban la berlina heroica lo tumbó sin aviso del asiento. Se incorporó como pudo —lo que no resultó nada fácil porque el piso del coche seguía, como una frágil yola, las impredecibles altibajas de la marea humana— y con el próximo estremecimiento, fue a dar de bruces contra el pecho engabanado de su insigne compañero.

Afuera resonaba el clamor insaciable:

—¡Asómate, Nicasio! —vociferaban unos, mientras

otros, menos formales o más irreverentes, cantaban a tiempo de bomba:

—¡Saca la cara, zapatero!

Chebo intentó zafar las piernas de entre las pesadas botas del otro viajero, apoyándose, para recobrar el contrapeso, sobre la cabeza crespa que en vano pugnaba por acercarse a la ventanilla. Logró erguirse a medias y colocar las manos sobre la pared en movimiento. Fue entonces que sintió un quejido leve y vio caer de lado, a todo lo largo del asiento, el cuerpo tieso de Nicasio Ledée con la mano extendida hacia él en gesto suplicante.

—¡Asómate, Nicasio! —volvían a reclamar de abajo sus admiradores. Y el corillo travieso:

—¡Saca la cara, zapatero!

Con el corazón en la boca, Chebo contemplaba aquel rostro repentinamente contorsionado. Algo andaba mal, muy mal para que la boca y los ojos se le hubiesen virado así a quien hasta hacía unos instantes embromaba y charlaba, como quien dice, en plena posesión de sus facultades. Había esperanza, sin embargo: el vientre todavía subía y bajaba. ¿Tendría algo que ver con el desmayo la intempestiva irrupción de Chebo en el coche? Y en ese caso, ¿podrían endilgarle a él la responsabilidad de un eventual fallecimiento? A estas alturas, ya la doña y el guardia civil andarían peligrosamente cerca. Bajar sería entonces mucho más que un soberano disparate: un suicidio involuntario.

—¡Asómate, Nicasio! —volvía a rugir la boca colectiva, con la insolente secuela:

—¡Saca la cara, zapatero!

La voz inconfundible del mulato pelirrojo le dio un golpe de estado al reperpero. Levantando el brazo para golpear con los dedos en la ventanilla, gritó con mal disimulada impaciencia:

—¡Por Dios, tío Nico, saque aunque sea la mano y no se dé más puesto!

La posibilidad de ver entrar por la portezuela del coche a aquel hombre grande y mollerudo que, sin piedad alguna, lo sacaría a patadas de su escondite para entregárselo a la furia de la masa, dejó sin aliento a Chebo. Un hipo nervioso, hijo bastardo del terror y la borrachera, se apoderó de su pecho. Entre espasmos que parecían sollozos, enderezó al caído con bastante esfuerzo. Recostándole el cuello sobre el espaldar del asiento, fue acercando poco a poco el tronco inmóvil hasta la ventanilla. Y metiendo por ella el brazo exánime de su acompañante, lo agitó suavemente desde el codo como se agita un pañuelo. El estallido de la ovación que recibió el desganado saludo fue tan sobrecogedor que Chebo se vio obligado a reanudar la maniobra, esta vez con menor esfuerzo.

Y así, respondiendo por Nicasio Ledée a la sed de epopeya de su gente, borracho y exhausto de tantas emociones, hizo su entrada triunfal al pueblo de Arroyo el ligón Chebo Farol, príncipe de las letrinas, rey de los frescos. Al abrir la puerta del coche en la plaza, los que lo encontraron tendido en el asiento, con la mano muerta del héroe entre las suyas, no supieron decir a ciencia cierta si lo que le bajaba a raudal por las mejillas era en verdad sudor o lágrimas.

Quien desee conocer la "verdadera historia" y los numerosos cuentos en torno al extraño caso de la goleta *El Guillermito* (que le endilgó al pueblo de Arroyo su infamante apodo), no tiene más que referirse al artículo de Don Gonzalo Enrique Cintrón titulado "Pueblo ingrato: leyenda y realidad".

Aunque la autora de este relato alega ser la nieta del propio Capitán Santana, no por ello merece mayor crédito la versión que de los acontecimientos de 1912 presenta en su falsa crónica marinera. Personajes reales e inventados conviven en esta reelaboración de unos sucesos de por sí dudosos.

Parece ser que, a principios del siglo veinte, hubo en Puerto Rico manifestaciones de una enfermedad que algunos asociaron con el cólera y otros con la peste bubónica. La vida portuaria, para entonces fundamental en la economía de los pueblos sureños, se vio dramáticamente afectada. Los americanos tuvieron que enfrentarse a la plaga ancestral que amenazaba con poner en jaque sus ansias civilizadoras.

Siempre me intrigó, sin embargo, que cada vez que alguien lo contaba, lo hacía de manera muy diferente a como lo explicara el otro. Entre amigos, se suscitaban disputas sobre cuál de las versiones era la verdadera.

Gonzalo Enrique Cintrón
Conociendo a Arroyo.

C ara de pocos amigos traía —y con toda la razón— Don Pancho Santana cuando se le arrimó Manuel con la pregunta a flor de lengua.

—Cuarentena —respondió sin gracia el capitán, siguiendo de largo. Sus pasos fuertes y apurados tocaron un redoble en la cubierta.

Aferrado al palo mayor como si fuera a enfrentarse a una mar brava, Manuel casi empezó a componer el discurso fatal que debía recitarles dentro de poco a los marineros. Y volvió a maldecir, como casi todos los días, el ingrato oficio de contramaestre.

Efectivamente, el tener que anunciarles a cinco hombres ansiosos por poner pie en tierra que tendrían que pasar la Nochebuena a bordo no era misión muy agradable para quien, como él, hablaba apenas. Le faltaban la labia, la inflexión, la maña. Su registro sólo tenía dos tonos: el monótono bajo con el que despachaba, sin mucho tralalá, las cosas cotidianas y el grito, sin medida ni control, cuando se le subía lo malo. Si acogían la noticia con resignación, santo y bueno. Pero si alguien alzaba, por un no, la voz...

Tuvo suerte Manuel y nadie protestó. Ese día.

Sí, el Doctor Trujillo había prohibido terminantemente el desembarco a la tripulación del *Guillermito*. Ni siquiera quiso visitar la goleta. Desde la yola que lo trajo casi al veril del casco, interrogó severamente a Don Pancho. ¿Tumores? ¿Ampollas? ¿Negras o transparentes? ¿Sangrantes o purulentas? ¿Ojos enrojecidos? ¿Labios secos? ¿Malos olores? ¿Calenturas? ¿Delirios? ¿Temblores?

Tras las respuestas sumamente precisas del capitán, descargó de inmediato la sentencia y pidió volver al puerto cuanto antes. Bien pudo haberse ahorrado la impaciencia. Al escuchar atento el fulminante diálogo, el anconero que lo había remado hasta allí puso, de un solo tirón, un buen cuarto de legua entre la yola y el barco.

Desde Pitahaya y Yaurel, las mujeres bajaban por las tardes hasta la orilla del mar en busca de noticias frescas. Todos los días daban marcha atrás sin novedad alguna con que romper la espera. Fondeado a una milla del muelle de Sanidad, el *Guillermito* se mecía torpemente en la brisa como para aplacar la mala sangre que iba surcándole las venas.

Carlos "Naguabo" Cruz no estaba ni mejor ni peor. Había alcanzado ese punto neutro de la gravedad desde el que no se avista ni la tregua del alivio ni la paz del final. Y ahí se había encallado su esperanza, cada vez más perdida, de ganarle la partida al mal que le roía la carne. Solo, en el compartimiento que le había mandado a separar Don Pancho dentro de la cala con dos tabiques altos cruzados por una docena de tablas, se dejaba llevar por la resaca violenta de las fiebres que estremecían su cuerpo demacrado.

Los hombres amueblaban el vacío del tiempo con una infinidad de pequeños quehaceres que aseguraban la continuidad de la vida. Seguían levantándose al amanecer, lavándose —por no agotar la reserva de agua potable— con ditas llenas de agua de mar, sumergiendo las redes para agarrar balajúes que luego guisarían y pisarían con funche. De vez en cuando, una barcaza del municipio con agua y alimentos se les allegaba, permaneciendo a una distancia mucho más que prudente para evitar el contagio. Ni las burlas ni los insultos de los socorridos lograban reducirla por una sola pulgada. Para éstos, la gran diversión consistía en atrapar, estirando y tensando el tronco por encima de la barandilla, las provisiones que —a veces con tan mal tino— les lanzaban. Se mofaban de sus socorredores, los azuzaban desde lejos riendo y silbando. Pero a medida que pasaban los días y se prolongaba el tedio del encierro, el desafío no encubría la envidia. La risa se hacía sal en las gargantas.

Algunos se vieron tentados a tirarse al agua y franquear, a rápidas brazadas, el estrecho que los separaba de la barcaza. Proyecto que frustró la previsión maliciosa de Manuel, siempre pendiente a la trampa. Si se tiran se quedan, gritaba, ni allá los van a querer ni acá los vamos a recoger.

El recuerdo de Romualdo, el güinchero que habían hecho pulpa y sangre los tiburones cuando perdió pie y cayó desde la escalera de gato, les acababa de apagar las ganas.

La pregunta que se hacía todo el mundo, en el barco y en el pueblo, era siempre la misma. El único que sabía en realidad si el enfermo todavía respiraba era Manuel, encargado de llevarle agua y pan, lo poco que aquel infeliz lograba consumir en medio de su miseria. Introduciendo la cesta y la jataca por la apertura serruchada casi a ras de piso en uno de los tabiques y empujándolos con un palo de escobillón, el contramaestre se las ingeniaba para acercar los alimentos al catre del sentenciado. En seguida clausuraba la ventanilla con una tranca y se rociaba aguardiente en pies y manos, gritando a través de la pared: ¿Cómo va eso, Naguabo? La respuesta, cada día más débil, venía envuelta en un lamento rompealmas.

No era la primera vez que se le presentaba aquella mujer tan blanca de cabellos tan largos que se le sentaba como una madre en la cama. Ahora sabía que eran esas manos suaves las que le lavaban las ampollas con alcoholado de malagueta y eucalipto y le ponían en la frente los paños fríos que lo aliviaban.

Tenía un leve trasunto a su primera novia: Eulalia, la reina de Cangrejo, el tormento de los machos de Palmas. Bastantes veces que le había paseado la calle, muchas noches en vela que le había costado enamorarla. Y cuando por fin se la pudo llevar —por no decir que quien se lo enredó en el pelo fue realmente ella— demasiadas lágrimas las que derramó borracho por aquella traicionera.

No, aunque pareciera el vivo retrato de la Eulalia, esta mujer tenía manos de ángel y cara de santa.

Asomado a la borda que daba hacia el muelle, Don Pancho contemplaba, allá, a lo lejos, en la calle Morse casi al pie del agua, su casa grande de madera blanca. Encontraba cierto sosiego en el inventario mental de los manjares navideños que estaría, en aquel preciso instante, preparando María Rosa. Desde fines de noviembre habría mandado a matar sin miramientos el puerco para transformarlo, por obra y gracia de sus artificios carniceros, en mondongo, jamón, chicharrón y morcillas. Habría bajado al platanal del patio en busca de esas hojas perfectamente firmes y verdes que sólo ella sabía escoger a ojo. Con toda la buena voluntad y el hábil concurso de sus seis hijas, no menos de tres días tomaría la pastelada. El deslumbrante desfile de los postres —los arroces con leche acanelados, las cazuelas untuosas, los finísimos tembleques, los rubios dulces de papaya— atravesaba su pensamiento con la lentitud exasperante de los días que va contando un reo a punto de cumplir condena.

Sentada al piano viejo de la sala, Cuncha le tocaría de memoria su danza favorita.

Faltando ya dos días para la Nochebuena, surgieron las primeras señales de lo que estaba por sobrevenir. A la natural inquietud de la tripulación cautiva, cuyas diversiones resultaban cada vez más reducidas, había sucedido una especie de calma chicha, hija tal vez del desaliento.

Ahora, inesperadamente, volvían a volarse los genios y a estallar las querellas. Si se jugaban naipes, ganaba la desconfianza. Cualquier resbalón de manos terminaba en riña. Para encender la mecha, contaban con el leche-cortada de Lisandro, quien ostentaba el dudoso privilegio de ser el único patillense entre aquel puñado de arroyanos. Esa tara, que él asumía como una distinción, lo convertía en el blanco indispensable de todos los sarcasmos. Poco o ningún respaldo encontraba en el barco. Curiosamente, no se les deparaba trato de extranjeros ni a Don Pancho — canario de nacimiento pero no de sentimiento, como solía cantarse— ni al pobre de Naguabo, cuya condición de árbol caído lo salvaba milagrosamente de ser desleñado. Sin alianzas posibles, Lisandro se freía solo en su propio aceite, quemando a medio mundo con los salpicones.

Fue a él, antes que a los demás, que se le ocurrió la idea siniestra.

La mañana del 23 de diciembre despuntó brumosa como una carretera de montaña. Hacía un viento filoso y majadero, razón por la que sólo Manuel, con su fobia al calor, permanecía en cubierta. El mar rezongaba, malhumorado y pálido.

141

De abajo, por la escotilla principal, le llegaban las voces gruñonas y graves de sus compañeros. Entre el frío, el ocio, la bruma y el maldito meneo del mar, no era verdaderamente para menos. Manuel hizo una mueca de disgusto al chupar el limón con el que pretendía inútilmente asentarse el estómago.

La mueca se convirtió en sonrisa al imponerse, sobre el chapoteo de las olas, el rumor inconfundible de una embarcación acercándose por estribor a la goleta. Entrecerró los ojos para engañar a la miopía. Por la bandera americana que llevaba izada, reconoció nada menos que a la falúa de Sanidad, conducida por el propio Capitán de Puerto y engalanada con la presencia del mismísimo Doctor Trujillo en el asiento del co-piloto. En la popa, dos hombres que no pudo identificar venían de pie junto a lo que parecía ser un tanque de proporciones considerables.

Alzó la mano para saludar, con la esperanza de algún giro favorable que pusiera fin al triste episodio de la cuarentena, cuando sus narices se llenaron de un hedor que le hizo volver el desayuno al galillo. Mientras el Doctor Trujillo le devolvía el saludo con toda la cortesía de rigor, los dos hombres se pusieron a rociar, con dos inmensas bombas apuntadas como dos cañones de guerra al *Guillermito,* un líquido apestoso y amarillo.

Sería ciertamente aquel olor desagradable, capaz de producir mareos en el menos enclenque, lo que hizo a los marinos modorrosos abandonar el amparo del camarote.

—¡Nos están fumigando! —gritaban, confirmando, alarmados, lo que era ya una realidad evidente. Y con la puntería concertada de un solo hombre, le emprendieron a limonazos contra la falúa enemiga. Tal fue la lluvia de limones, salidos de un saco que parecía no tener fondo, que el médico tuvo que refugiarse detrás de una de las bombas —con todo y su impecable flux blanco— en lo que el Capitán hacía esfuerzos en el timón por alejar la embarcación de la línea de fuego.

Mal que bien, lo logró. Y bajo un diluvio de malas

palabras y amenazas, volvieron la falúa y sus distinguidos tripulantes sanos y salvos a puerto.

Don Pancho —quien afortunadamente había dormido como un lirón durante la batalla— subió a cubierta en el preciso instante en que los hombres festejaban, con una canción que aquel respetable señor seguramente hubiera juzgado obscena, el triunfo del *Guillermito* sobre las fuerzas de la civilización y el progreso.

Pese a la alegría inicial, el incidente suscitó algunos resquemores.

—Nos tratan como si fuéramos leprosos —murmuró Lisandro aquella tarde mientras se servían un sopón humeante de espinazo de pargo.

—Total, si lo de Naguabo fuera la peste, por mi madre que ya hubiéramos estirado la pata —añadió el cocinero, que respondía, por las tres cicatrices que le partían la cara en seis pedazos, al vil apodo de Picao.

—Ellos tienen que tomar sus medidas —intervino el siempre conciliador Don Pancho, añadiendo con mayor complicidad: —Tú sabes cómo son para sus cosas esos americanos...

Lisandro volvió a la carga:

—Jum... Lo único que falta es que le peguen fuego al barco.

El buenazo del capitán hizo un intento desganado por robarle la última palabra:

—Qué van a quemarlo, hombre. Este *Guillermito* es la pata del diablo.

Cuando cayó la noche y Lisandro pudo asegurarse de que

143

Don Pancho se había retirado, se le fue detrás a Manuel, que había subido poco antes. Lo encontró acostado en la popa, de cara a la luna, bajo la sombra larga y fina del palo de mesana.

—¿Ya bajaste?

Manuel asintió con la cabeza.

—¿Crees que aguante otro día?

—Y dos y tres, quién sabe...

Hubo un silencio. Lisandro se estiraba nervioso los bigotes. Cuando por fin habló, su voz sonaba ronca como el día después de una juma.

—Y si lo ayudáramos...

El otro o no entendió o se hizo el tonto.

—Ayudándolo estamos.

Antes de contestar, Lisandro se le quedó mirando fijo y largo.

—Pa hacer lo que hay que hacer —dijo despacio— hay que tener agallas.

Chota nunca había sido ni sería. Por eso no le fue con el cuento a Don Pancho. Pero un frío afilado le agarró las tripas y se las retorció hasta hacerle daño. Todo el día le duró aquel malestar que le habían metido dentro las palabras de Lisandro.

Sólo el Señor da y quita, repetía como quien reza sin creer, por retener la fuerza o conjurar la calma. Y después, lo echó a broma. No se van a atrever, los cojones faltan...

El día de Nochebuena dejó de ser Unionista del corazón del rollo el Capitán Santana. Poco o nada había hecho el alcalde de Arroyo para adelantar su causa y la conversación que había tenido con "las autoridades" —debidamente atrincheradas en su lancha— esa misma mañana había

144

dado al traste con sus ya muy mermadas esperanzas. Ni desembarcarían los del *Guillermito*, ni podrían acercarse en yolas las familias interesadas. Todos los argumentos fueron hechos papilla por la lógica fastidiosamente higiénica del americano.

El contramaestre esperaba el gesto de su jefe para bajar la mala nueva. Pero Don Pancho no cambiaba la mirada. Rumiando pensamientos negros, veía ir y venir, dentro del edificio de la aduana, a la guardia costanera con su ojo certero de buitre puesto sobre el agua.

A las cinco de la tarde, empezó a llover con saña. A las ocho de la noche, la bruma envolvía totalmente a la goleta en su aura malsana.

El anuncio de Manuel había sumido a los hombres en un letargo. Algunos tiraban mecánicamente las barajas sobre el barril. Otros mascaban tabaco y murmuraban. Por orden de Don Pancho, víctima de una gripe que lo amarró a la cama, Picao destapó las canecas de ron y sirvió las morcillas bien tostadas. Lejos de levantar los ánimos, la improvisada celebración raspó los nervios y dejó las llagas en carne viva.

El frío sacudía los huesos y, a petición general, Picao volvió al fogón para colar café. El olor vigoroso impregnó los maderos. Manuel pidió un pocillo y un pedazo de pan para llevarle a Naguabo su cena de Nochebuena.

La sombra inquieta del quinqué retoza en los peldaños. Con el pie pesado del alcohol, baja el contramaestre a las entrañas del barco. El mar levanta suavemente el piso. A cada paso, la bandeja se estremece.

En la oscuridad del corredor, un jadeo inesperado le aprieta el pecho. ¿Es suya esa respiración entrecortada? ¿O sale de la celda oscura del enfermo? De pronto, falla el equilibrio. Un chorro de café prieto le atraviesa la camisa. Manuel deja escapar un coño que le corta, casi al mismo tiempo, una mano velluda sobre la boca.

Cara de lirio y melena clara, haciendo buena su promesa, ahí está ella otra vez. Hoy por fin hablará y le dirá su nombre, que debe ser tan bello como su cuerpo. Naguabo se incorpora sobre el catre. La fiebre le abrillanta la mirada. La visitante se le acerca, tierna. Sus ojos lo ahogan en un lago azul y fresco.
  —Ven, hijo mío —dice con dulzura— ven con María del Carmen.
  Y de sus brazos extendidos brotan rayos de luz que anulan la penumbra.

Atadas las manos, amordazada la boca y el calor del café quemándole aún el pecho, Manuel rueda entre sacos y cajas. Con sus molleros no podrá contar para impedir lo que, dentro de unos momentos, habrá de suceder al otro lado de la cala. Hacia allá se encaminan, armados de cuchillos, Lisandro y su compinche Miguel, el cojo de las Guásimas.

Vaya víspera de Navidad, piensa el contramaestre, sintiendo en la espalda el arañar del mar sobre las tablas. Quién sabe si es mejor así, le repite una voz salida del oscuro rincón de donde vienen ahora, tibias e incontenibles, las lágrimas.

El veinticinco amaneció soleado, con ese cielo azul añil lavado por las lluvias de diciembre. Tupido hasta la coronilla, Don Pancho tenía la nariz más colorada que un rabo hervido de langosta. Debido a la súbita indisposición del contramaestre, había tenido que asumir el mando. Emborujado en su impermeable gris, daba órdenes fañosas aquí y allá a una tripulación llena de nuevos bríos. Como si la muerte hubiese aniquilado la amenaza del contagio, sobraban brazos para la operación del traslado.

—A ver si cabe por esa escotilla, no lo fuercen, vamos, enderecen —gritaba, nervioso, mientras los hombres apuntaban el bulto, envuelto en muchos trapos y liado con sogas dentro del saco negro, hacia el bote salvavidas.

Hubieran preferido tirarlo al agua, digno sepelio para un marinero. Pero Sanidad exigía la quema del cadáver en altamar. Así es que, a las ocho de las mañana, habían levado ancla y puesto proa hacia Las Mareas. Allí bajaron, con cuerdas y poleas, el bote rociado de bencina con su pasajero solitario. Picao fue quien encendió la soga como si fuera una mecha y Miguel quien la cortó de cuajo. Desde babor vieron arder la madera y el saco con los restos mortales de Naguabo. A falta de cura, despidió el duelo con un *Credo* y un *Padre Nuestro* Don Pancho. Alguien se persignó, no sin cierta vergüenza, y los demás repitieron el gesto.

El día de Año Viejo, faltando apenas seis horas para despedir el 1912, entró la lancha con la tripulación del *Guillermito,* a son de trompetas y tambores, entre los palos del atracadero. La goleta fondeaba a distancia, condenada a

147

un destino aún incierto. Sus mástiles subían y bajaban melancólicos contra la inflamación del cielo.

Dentro de la algarabía, los hombres se fundían en abrazos efusivos con sus parientes. El alcalde, que había preparado un discurso vibrante para la ocasión, salió al encuentro de Don Pancho con los brazos abiertos. El capitán ni se detuvo: siguió derecho y le negó el saludo. Agitando la bandera republicana desde el balcón de su casa, sus doce hijos vitoreaban a voz en cuello. María Rosa estaba que se reía sola, con todo y palpitaciones en el pecho.

Sólo Manuel arrastraba los pies camino a su cuartito en Cuatro Calles. Más que la falta de un hogar, le pesaba el lastre del recuerdo.

Sintió que lo llamaban, de repente. Y por no desairar, volvió la cara. Era Lisandro, solo como él, sin la prisa del que tiene quien lo espere.

—Contramaestre, ¿qué hubo? —dijo, con un golpe tímido a la espalda.

—Tú lo sabes mejor que yo —le respondió Manuel, clavándole la vista en la mano que aún le tenía puesta en el hombro.

El otro retiró la mano y bajó la cabeza. Y en el tono íntimo de quien quiere confesarse:

—Hace días que quería conversar...

—¿De qué carajo?

—Aquella noche —dijo Lisandro moviendo las manos a falta de palabras...

Manuel se paró en seco, agarró al patillense por las solapas de la camisa y casi le escupió en la cara:

—No sigas, no quiero saber más.

Y, soltándolo como se suelta una alimaña, siguió apretando el paso para dejarlo atrás.

—Manuel, tú sabes —jadeaba a duras penas el otro, tratando de acercarse —No fue lo que tú piensas... Cuando Miguel y yo llegamos...

Obligado por la urgencia de la voz, el contramaestre se dio vuelta y vio por primera vez lo pálido que estaba Lisandro y lo mucho que le temblaban las manos.

—Cuando llegamos Miguel el Cojo y yo —repitió con el hilo de voz que apenas se escapaba de sus labios secos— ya el hombre estaba muerto.

Ahí fue que el escalofrío lo sacudió, haciéndolo estremecerse como si estuviera poseído. Y se desplomó sin conocimiento.

El 1913 se inauguró en Arroyo con una fiesta y un entierro. La fiesta fue en la plaza, vestida de gala y repleta de pueblo. El entierro fue menos concurrido. Los hombres del barco fueron a buscar a Don Pancho, que tuvo que ponerse el chaquetón y salir para el cementerio.

Manuel nunca le dijo a nadie cómo murió Lisandro, en medio de la calle y los temblores violentos, rasgada la camisa en su hambre de aire, con las ampollas negras devorándole el pecho.

El Bazar Otero no era sólo una tienda, nos revela en un artículo publicado en *El Mundo* Don Ramón Bauzá: "Era un cruce de librería, papelería, centro musical y casino; todo a un mismo tiempo". Allí, dice Don Mariano Vidal Armstrong, se reunía a fines del siglo XIX lo más granado de la intelectualidad de Ponce. Y no sólo para pasar el rato, como pronto se verá en esta falsa crónica híbrida, entre épica y romántica.

Olimpio y Antonio (Totón) Otero fueron los auténticos dueños del bazar. La licencia poética autoriza, sin embargo, algunos atrevimientos convenientes para añadirles su poquito de pique a estos atractivos personajes de típico linaje cultural ponceño.

Originalmente, había planeado darle el papel estelar al travieso Juan Arrillaga Roqué, quien logró acelerar con su viaje clandestino a España, en tiempos del nefasto "componte", la destitución del temible gobernador peninsular, General Romualdo Palacios. Pero se me coló una mujer: el texto se convirtió en pretexto y llegaron cuatro en vez de tres al escenario.

CUPIDO Y CLÍO
· EN EL ·
BAZAR OTERO

Arreciaron los arrestos y hasta el más inocente de los súbditos bajo la Corona Española en la isla se veía expuesto a ser calificado de subversivo. De círculo de artes y letras que era, el Bazar Otero transformóse en reunión de patriotas e hijos del país.

Mariano Vidal Armstrong
Estampas, tradiciones y leyendas de Ponce.

E sa tarde, la tienda parecía más que nunca una plaza del mercado. Al constante vaivén de clientes atraídos por la tan esperada llegada del último *Sherlock Holmes* o al menos sublime anhelo de poseer una flamante pluma *Waterman,* se añadía el inquieto revoloteo de los curiosos alrededor de la más reciente novedad: las mandolinas corsas.

Totón Otero se rizaba nervioso los manubrios del bigote mientras tiraba con disimulo un ojo hacia los anaqueles apiñados de libros y cuadernos y otro hacia el rincón de los instrumentos musicales. Mal día éste para que a su hermano le hubiese dado con dejarlo a cargo. Unas misteriosas "diligencias inaplazables" habían alejado a Olimpo muy temprano de sus sagrados deberes comerciales.

Desde el saloncito de pruebas, los acordes de una danza de Pasarell tocada por el maestro Tavárez se colaban por las puertas abiertas hasta los oídos de la muchedumbre abigarrada que deambulaba por la calle Atocha. Algunos transeúntes —más, ciertamente, de los que hubiese deseado el irritable Totón— se detenían embelesados en el umbral de la tienda a entorpecer, con los pies al borde del baile, la entrada y la salida.

Sacudiéndose con sumo cuidado la insolente mosca que amenazaba con mancillar su impecable traje crema de *pongée* de seda, Totón siguió pasando revista a los dependientes que se afanaban ansiosos tras los mostradores. El difícil paso de una dama "en estado" —portadora de un aparatoso sombrero que le velaba coqueto parte del rostro— por el estrecho espacio entre dos estantes lo hizo retroceder, cortésmente.

Con toda la elegancia de una ponceña *fin-de-siècle*, la señora se deshizo en excusas y efusivos testimonios de agradecimiento. La cara de circunstancia de Totón ocultaba a duras penas su poca paciencia. Miraba a su

153

alrededor, desesperadamente alerta al menor pretexto que le permitiera batir sin más demora la retirada. La entrada repentina de Don Juan Morel Campos, con su manojo de pentagramas raídos bajo el brazo y su inevitable cortejo de fieles admiradoras, vino a liberarlo providencialmente de aquella amable encerrona. Y ya iba a salir al encuentro del músico, que se dirigía a gentiles empujones hacia el salón de pruebas, cuando tuvo la sorpresa de sentir la presión insistente de una mano enguantada en la suya.

Su sorpresa fue aún mayor al descubrir que la fuente de tanta osadía no era otra que la señora del monumental sombrero. Una bienhechora inspiración lo llevó a estrechar calurosamente la atrevida mano como si se tratara de una cordial despedida entre amigos. Pero, para su creciente incomodidad, la dama retuvo con inusitado vigor la caballerosa ofrenda de sus dedos. Totón se puso colorado y del rubor escarlata pasó al morado. Ni siquiera la dulce melodía de *Vano empeño,* con la que Tavárez honraba la llegada de Morel Campos, pudo aplacar la turbación que le produjo el saberse prisionero manual de aquella feroz futura madre.

Echando una rápida mirada a ambos lados, avanzó varios pasos para imponerle a su captora una reculada forzosa que los puso a ambos al discreto amparo de un violoncello. Incapaz de despegar los labios para pronunciar la frase mágica que tendría el poder de desembarazarlo, vacilaba como torpe equilibrista entre el placer poco usual de sentirse objeto de seducción y el más pedestre terror del ridículo.

Tan inmerso estaba en las contradictorias sensaciones que se peleaban sin piedad dentro de su exaltado pecho que tardó un rato en percatarse de que la mano enguantada había soltado su presa tan súbitamente como la había atrapado, dejando en su lugar un pedacito de papel cuidadosamente doblado. Lo impromptu del *billet-doux* le recortó el aliento. No bien se hubo marchado, sonriente, su autora, Totón se precipitó sin pérdida de tiempo hacia la trastienda.

Grande fue su desilusión al reconocer, a primera vista, la inconfundible letra, rayana en lo ilegible, de su hermano. Una lectura relámpago a la única línea que contenía el críptico mensaje le hizo relegar al olvido el curioso episodio alimentador de pretensiones galantes:

CONCIERTO INTIMO: DESPACHA PRONTO Y CIERRA TEMPRANO

Ingente misión la que tan desenfadadamente se le endilgaba. ¿Cómo sacar de allí al gentío que, acompañado por los dos leones musicales del momento, cantaba a coro entusiasmado en el salón de pruebas? ¿Justificaba un cierre prematuro, a la hora de mayor afluencia, el banal pretexto de un "concierto íntimo"? Sin embargo, Olimpio no era hombre de frivolidades ni mucho menos de improvisaciones a capricho. Alguna razón mayor asistiría su voluntad: habría por tanto que arreglárselas para complacerla.

Descuidando su estricta vigilancia de la mercancía, Totón permaneció detrás algún tiempo. En lo que chupaba con ahínco un grueso tabaco negro, fraguó un rápido plan de contingencia que puso instantáneamente en marcha. Entreabrió la espesa cortina de saco que separaba la trastienda del local principal; acercó el cabo encendido del tabaco al pedacito de papel que acababa de leer; y abanicó el humo con un cuaderno de recibos para canalizarlo hacia la otra pieza. Con su mejor soprano y toda la energía de la que era capaz a las cinco y media de aquella calurosa y agitada tarde, chilló entonces a voz en cuello: —¡Fuego!

La gritería y el corricorre de la concurrencia trajeron a sus labios —antes de que Totón pudiera apagar el tabaco, pisar el papelito en llamas y guardar el cuaderno en la gaveta— una sonrisa traviesa.

A las seis, sólo quedaban en el bazar —recogiendo y cuadrando la ganancia— los dependientes. Totón los relevó de sus obligaciones, los despidió con mucha precipitación y hasta los acompañó hasta la puerta. Poco después llegaba, con el ceño fruncido y los bifocales empañados por el salitre, Olimpio.

—Por poco no se van —fue su único saludo.

—¿Qué tan íntimo es tu concierto? —le ripostó, no sin cierta ironía, su hermano.

—Bastante: ahora verás.

Las palabras secas de Olimpio fueron sucedidas por dos golpes, breves y resonantes, a la puerta trasera. Fue Totón quien, al abrirla, se encontró cara a cara con la dama de sus anteriores peripecias. Detrás de ella venía un hombre de cabello muy corto, barba y bigote, todo vestido, menos por el collar romano que lo identificaba como sacerdote, de negro.

—Bendición, padre —le hizo decir automáticamente, al hacerlos pasar, la fuerza de la costumbre.

El cura y la señora —bastante jóvenes ambos, por cierto —intercambiaron, sin hablar, miradas de inteligencia.

—Ni padre es él —explicó muerto de la risa Olimpio— ni madre mucho menos ella.

Y los tres estallaron en carcajadas no menos francas por discretas. Entre perplejo y resentido, Totón se les quedó mirando.

—¿Qué te traes entre manos? —increpó por lo bajo a su hermano tan pronto como tuvo la oportunidad de aislarlo. Y ante el silencio del otro, fue a sentarse con un gesto airado en el salón de pruebas. Olimpio le siguió para decirle, con una mano paternal sobre el cuello:

—Confía, hombre.

La velada transcurrió agradablemente. La "madre" sabía tocar y, sin hacerse rogar demasiado, se sentó al piano para regalarles un popurrí de deliciosos valses. Cuando fue sucedida en la banqueta por Olimpio, su "estado" no le impidió en absoluto asombrar por tercera vez a Totón con una invitación para bailar la danza-milonga de su propia inspiración que interpretaba con fuga y vigor el pianista. El "cura" tampoco se quedó atrás. Su cálida voz de tenor entonó con la mayor naturalidad, tal vez como homenaje a la hospitalidad de Olimpio, la letra de *La Cuñadita*.

Olvidado ya el disgusto que le había provocado la broma de mal gusto de su hermano, Totón sacó de la trastienda cuatro copas y descorchó una botella de excelente jerez importado de España.

—Para esto sí son buenos los españoles —dijo Olimpio, brindando en voz baja, como quien reza, por la independencia de Cuba y Puerto Rico. Y se echaron a reír, esta vez con la feliz complicidad del previamente excluido.

Volvió a fluir alegre la música. Totón acompañó con la guitarra a la dama, que tarareaba un aire peruano. Olimpio no pudo evitar salir en busca del cuatro. El "cura" agarró primero el güiro y luego las maracas, terminando por convertir la canción en aguinaldo.

Lo avanzado de la hora hizo callar los instrumentos. A pesar de que las tertulias eran moneda corriente en el *Bazar Otero,* sus dueños temieron atraer innecesariamente la atención de los vecinos y, por supuesto, de la guardia.

La conversación, salpicada de copas y aceitunas rellenas, no dejó por ello de ser generosa. El "cura", especialista del terror, les mantuvo los pelos de punta con sus relatos de aparecidos y sangrientas venganzas de esclavos. La "madre", de vena algo más pícara, contó chistes de maridos engañados que estuvieron al límite mismo de lo aceptable en labios de una dama.

Totón estaba lejos de haber alcanzado la edad en que los hombres se inmunizan por fuerza a los encantos del sexo opuesto. El jerez había puesto chispas en sus ojos y curiosidad en su mente. Aprovechando el momento en que

Olimpio y su invitado discurrían muy sesudamente en torno al porvenir político del archipiélago antillano, se inclinó ligeramente en la banqueta que compatía con la mujer hasta rozarle imperceptiblemente el hombro con su brazo.

—Perdonando la indiscreción, señora —inquirió suavemente, con la mirada acuosa y cálida— ¿qué queda usted del amigo de mi hermano?

Ella torció un rizo de su abundante cabellera negra y, con espontánea coquetería, respondió:

—Si le dijera que no soy la esposa, ¿me creería?

—Su palabra me basta pero no me conforma —dijo Totón, adoptando el mismo son de *badinage* de su interlocutora. Y, antes de que surgiera la respuesta, colocó hábilmente otra pregunta indiscreta:

—¿Será entonces su novia, su prometida, para desgracia de todos los ponceños solteros?

Un agudo gritito que combinaba mal con su belleza respondió por ella. El misterioso vientre hinchado se le estremecía de la risa. Intrigado, el "cura" volteó el rostro para averiguar la causa de tanta hilaridad. Y las interrogantes del pobre Totón quedaron, por lo pronto, insatisfechas.

Hacia las diez, sonaron dos nuevos golpes a la puerta trasera. En seguida reinó el más solemne de los silencios. Olimpio abandonó su butaca y, llevándose un dedo a la boca en gesto elocuente, caminó hacia la trastienda.

Los golpes se repitieron, añadiéndose uno más a la cuenta. Esta parecía ser la señal convenida para que, sin más vacilaciones, se abriera la puerta. Un mulato pequeño y regordete que llevaba la cabeza escondida bajo la tiranía de una gorra inmensa entró y dijo con gran seriedad:

—Vengo a buscar al Santo Padre y a la Inmaculada Concepción.

—Amén —contestó Olimpio, asintiendo con la cabeza.

Totón, que no había podido resistir a la tentación de allegarse hasta ellos, esperaba atento la pronta resolución de tanto enigma.

—Tan sólo unos minutos, si tiene la bondad —dijo Olimpio, lacónico, mostrándole una silla al recién llegado. Y, dirigiéndose a su escritorio, estuvo rebuscando en una de las gavetas hasta que extrajo de ella un sobre sellado con lacre. Luego, regresó al salón donde esperaba, extrañamente sobria y tensa, la pareja.

—Aquí están las cédulas y los pasajes. El barco es el *Saint Hilaire* y zarpa mañana por la noche de San Tomás.

El sobre cambió de manos. Los dos amigos se fundieron en un abrazo largo y apretado. Cuando llegó su turno, la mujer tendió la mano —responsable, esa tarde, de tantas emociones— para que fuera besada ceremoniosamente por Olimpio y después por su hermano. El honor de haber sido el último no escapó a la romántica sensibilidad de Totón, quien leyó en ello el deseo de conservar, como una flor dentro de un libro de poemas, el recuerdo vivo de sus labios.

—Gracias, Otero —murmuró el "cura"—. Puedes estar seguro de que un día no muy lejano regresaremos a un Puerto Rico libre y soberano.

Un nuevo acceso de sentimiento les nubló los ojos a todos.

—¿Dónde llevas los documentos? —preguntó Olimpio antes del apretón de manos final que clausuró la despedida.

—En el lugar más seguro —dijo la "madre" con una guiñada, sobándose impúdicamente la orgullosa protuberancia.

Justo antes de abandonar el Bazar Otero, el hombre que esperaba en la trastienda pidió, por precaución, salir primero. Así le fue permitido, cerrándose la puerta de nuevo. Pasaron los segundos y los minutos sin que se manifestara desde afuera el cochero. Despertando otra vez las aprensiones, el suspenso congelaba los ánimos.

Ajeno a los riesgos que los demás presentían, Totón no le despegaba la vista de la cara a la mujer, que parecía ahora lejana y distraída. El "cura" respiraba fuerte, y Olimpio, con la oreja en la puerta, estaba al acecho del menor movimiento para desenfundar la pistola que pesaba en el bolsillo de su pantalón. De pronto, los dos golpes que pronto fueron cinco les devolvieron la tranquilidad y la alegría. El cochero había tenido que dejar el carruaje en otra calle para que no se pudiese trazar tan fácilmente su paradero.

—Los cucarachos están todos borrachos o durmiendo —dijo al llegar, con una sonrisa que desplegó sus cuatro encías.

Olimpio asomó la cabeza desde el umbral para vigilar la salida. El "cura" tomó la delantera y siguió avanzando a todo vapor por el lado más oscuro de la acera. La mujer se disponía a hacer lo propio cuando sintió el roce leve de una mano en su brazo. Totón la retuvo sólo el tiempo de susurrarle al oído la pregunta que reanudó por fin el *tête à tête* interrumpido:

—¿Es tu novio?

Y ella, entornando los ojos ante lo inesperado del tuteo, con una timidez muy nueva:

—Mi hermano.

—¿Cómo te llamas?

La pregunta quedó suspendida en el silencio. El hizo un último intento por detenerla, quiso arrancarle la suprema concesión de un nombre para bautizar su ilusión. Pero ya ella desaparecía calle abajo con la aérea velocidad de un celaje.

En lo que Olimpio echaba la tranca y preparaba los papeles que había de llevarse a casa, Totón se refugió, arrastrando los pies, en el salón de pruebas. Un aroma delicado aún perfumaba el ambiente, haciéndola tan presente como la copa que había dejado sobre el piano. Totón la levantó muy lentamente, regodeándose en el contacto de su borde suave y se la llevó con mano casi temblorosa hasta los labios.

La tienda estaba a oscuras cuando su voz se acogió al secreto alivio de las tinieblas:

—Olimpio, ¿quién era esa mujer tan fascinante?

Y su hermano, con la real indiferencia de los mortales que
no están enamorados:

—Una heroína de la patria.

Por más que leímos y releímos la *Breve historia de Patillas* de Don Paulino Rodríguez Bernier, no hallamos alusión alguna al drama que constituye el eje de esta falsa crónica erótica. Habría que dirigir la pesquisa hacia las páginas de los periódicos sensacionalistas, especialistas en pus y sangre. Mi principal fuente, lo confieso, ha sido Radio Bemba, la emisora más antigua y mejor informada.

Entre las mil anécdotas que me han contado a través de los años amigos y parientes sureños, se destacan por su frecuencia e intensidad las de conflictos y enredos pasionales. En esa geografía configurada por la caña y el mar, bajo las plantas aéreas que decoran como guirnaldas la cablería eléctrica, lo público y lo íntimo, para bien o para mal, se entrelazan y se confunden.

PREMIO DE CONSOLACIÓN

Si on juge de l'amour par la plupart de ses effets, il ressemble plus à la haine qu'à l'amitié.

La Rochefoucauld
Maximes

E sta es una crónica verídica, auténticamente histórica y no un cuento de camino inventado para entretener a los ociosos en la plaza de algún pueblo de la isla. En deferencia a los que la padecieron, no revelaremos ni el sitio ni los nombres exactos como tampoco la verdadera profesión, si alguna, ni otros milagros que identifiquen al santo. Sólo diremos que sucedió en los ya remotos años sesenta del moribundo siglo veinte y que contamos con la autoridad de una testigo casi ocular: Doña Yamila, la del Bajo de Patillas, quien, de todas las dulceras de la costa sureña, es, sin duda alguna, la que hace el mejor dulce de coco amelcochao.

Para satisfacer a los incrédulos, los que desconfían hasta del Papa y la Corte Federal, citaremos la declaración de la susodicha sin recortes ni censuras: el texto integral. Aunque los hechos narrados parecerán un tanto extraños, se nos asegura que en ciertas regiones del país estas cosas suceden con alarmante regularidad. Juzguen ustedes mismos: ciertamente, en estos tiempos de la *perestroika,* no pretenderemos imponerles nuestra humilde opinión sobre el particular.

"Para aquella época, yo vivía allá en Patillas y hacía un año que había perdido a mi pobre marido, Dios me lo tenga en la gloria a pesar de lo mucho que jorobaba cuando llegaba tragueao. Ahí fue que tuve que empezar a hacer mis dulcecitos pa defenderme y darles de comer a los cinco huérfanos (dos de la primera esposa y tres míos) que Cirilo me había dejado. Como eso no daba ni pal desayuno, completaba cocinando y haciendo limpieza en donde me quisieran ocupar.

La muchacha no era de allí. El papá, que había venido desde Aguirre a trabajar en Lafayette, la había colocao (con una buena pala, no lo dude) de secretaria de algún cocoroco de la central. Una muchacha bien blanca, de lo más fina ella, no muy bonita, lo que llaman graciosita, pero con sus buenas caderas y sus buenos socos, como les gustan a los hombres, usté sabe, bien plantá. El era patillense de pura cepa, el pai tenía una tienda que le dejaba en cantidá y la mai cinco o seis cuerdas por allá por El Real. No daba un tajo y vivía a cuenta de los viejos. El don había tratao de meterlo a las malas en la tienda pero el muchacho era paticaliente, bebedor y mujeriego como él solo. Pingadulce, le decían en Patillas: una puesta y otra quitá.

Para desgracia de ella, se enamoraron. El no le daba tregua: con cualquier excusita, flores y chocolates, los sábados a serenata limpia y los domingos paseo por Guardarraya y salmorejo con champán. Así se enchula cualquiera, no juegue. La verdá es que era simpático, buen mozo, meloso y atencionado, eso sí que no se le puede quitar.

Las amigas llevaban y traían, le contaban barbaridades del galán. Pero ella o era boba o no quería creerlo o pensaba, como pensamos todas, que el amor puede cambiar a los hombres. Ay mijita, rama que crece torcía no endereza. Y él era de los que dicen que las que se casan son las mujeres y que a la esposa hay que tenerla siempre encinta y descalza meneando la olla y rociando almidón.

La mai de ella no lo quería, sabe, le decía que los puertorriqueños salen malos maridos, que lo mejor que podía hacer era buscarse un americano de la central, que no es que sean mejores pero parece que disimulan más. Bueno, por fin pasó lo que tenía que pasar, él le hizo el daño, se casaron y vinieron a vivir en una casa que era del pai, allá en la Muñoz Rivera, al ladito mismo de donde vivía yo. Que estaba ya preñá, dicen algunos, Dios me libre a mí de tener

166

esa lengua tan larga. Lo cierto es que a los pocos meses
abortó, se supo por Doña Petrín la comadrona, que tiene
fama de resolver esos líos con un gancho de ropa mojao en
alcoholado. Y no volvió, que yo sepa, a salir encinta más;
sabrá Dios si con tanto trasteo hasta machorra la habrán
dejao. Desde el principio, el hombre siguió haciendo de las
suyas. Imagínese que el mismo día de la boda se puso a
pellizcarles las nalgas a las damas de honor en las mismas
narices de la suegra.

Los primeros tiempos no fueron tan malos. El por lo
menos guardaba las apariencias y tenía sus bretes bastante
lejos de la casa. Ojos que no ven, usté me entiende... El la
llevaba a la central a las siete de la mañana y a las cinco
venían a recoger la fiambrera que yo les tenía esperando.
Los fines de semana él siempre la sacaba y ella se tiraba las
telas y se pintorretiaba esa cara como un payaso de feria.
Pasaban en el carro de lo más pegaítos, dicen que así es
como se conoce si la pareja anda bien. El hasta se había
conseguido una chiripita como exterminador de cucarachas. Me acuerdo que llevaba a cuestas un candungo
grandísimo y un saco de veneno pa liquidar ratas. Hay
quien comentaba que con esa excusa entraba dondequiera y
se ponía las botas fumigando a las sirvientas de las casas.

Las cosas empezaron a ponerse color de hormiga brava
como a los dos años cuando a él —seguro que pa ahorrarse
los chavos del motel o pa no tener que bregar incómodo en
el carro— le dio con meter las cortejas en su propio hogar.
Aquello era un entrisale de mujeres de todos los colores, se
lo digo yo que a veces me pasaba la mañana entera
planchando en el balcón porque en la cocina la calor me
quería sancochar. La que más venía era una jabá pelicolorá,
bien tetona y culona ella, que vivía por allá arriba en un sitio
que le mientan y que Fondo-el-saco. Fíjese la pocavergüenza: El dejaba a la mujer en el trabajo y en el mismo
carro carreteaba a la otra hasta la casa. Llegaban de lo más
embraceteaos, él entraba primero, le abría por atrás y,
chuculún, pa la cama. ¿Que cómo lo sé? ¿Y pa qué están las
ventanas? Los muy frescos las dejaban entreabiertas y lo

que no se veía se escuchaba. Y hasta hubo veces —ay, Virgen Santa, alguna gente se las juega frías— que la descará esa se atrevió a llegar nada menos que en un público. Y que no se quedaba a par de cuadras... Así como lo oye, le pedía al chofer que la soltara allí mismito, frente por frente a la entrada de la casa. Y allí mismito la estaba esperando aquel vicioso, con los ojos brillositos y la bellaquería, perdonando la palabra pero ésa es la que le cuadra, pintá en la cara.

Los vecinos hablaban, figúrese usté, cómo no iban a menear la lengua si aquello botaba la bola y rompía el bate. Allí nadie era santo: el que más y el que menos se la había pegao a la mujer en algún momento. Pero, eso sí, sin lucimiento, con discreción y con respeto. Las vecinas no lo podían ver ni en pintura. Como si se hubieran puesto de acuerdo, le negaban el saludo y le viraban la cara cuando él, tan caripelao y tan zalamero, iba a darles los buenos días. Usté se estará preguntando seguramente por qué fue que ella vino a enterarse tan tarde. Buena pregunta: pero en esos casos dicen que el último en darse cuenta es siempre el que carga los cuernos. Debe ser que eso es como el asunto de los vampiros, que no se ven en el espejo. A ella, la pobre, todo el mundo le tenía lástima pero nadie se arriesgaba a espetarle la verdá como Dios manda.

Pero lo que está pa uno no le toca a otro y a to Judas Iscariote le llega su Viernes Santo. Un día, en la oficina, ella cayó mala. Se ponía grave todos los meses cuando eso le bajaba y no había aspirina ni bolsa caliente que la mejorara. Con aquellos dolores de hijá que le partían en cuatro la barriga, le pidió a una compañera que la trajera hasta Patillas. A mediodía en punto ya estaba abriendo la puerta de la casa. Había visto el carro en la marquesina y sabía que el marido estaba. No bien entra la muchacha, oye unos chillidos de matres y unos quejidos y unos suspiros que cantaban más claro que el gallo. Con to y dolor, camina en puntitas, asoma el jocico por la puerta del cuarto y se encuentra la muy infeliz con aquel santo cuadro. ¡Ensartá por detrás dicen que la tenía, Gran Poder, y la jabá tan oronda, meneando de lo más cuquera el rabo! Las cosas que le gustan a los hombres ahora, menos mal que yo ya enviudé...

No sé ni por dónde empezar a contarle la que se formó. Yo, que estaba pendiente desde que la vi llegar por si había que llamar a los guardias, vi cuando salió corriendo la jabá, enredá en una toalla. ¡Y se tiró a la calle, la muy desvergonzá, en esa misma facha! Como andaba casi esnúa, los hombres la sitaban y ella, se lo juro por la memoria de mi difunto esposo, como si na. En casa de la pareja, llovían los platos y los floreros. El se había encerrao en el baño y ella trataba de forzar la puerta. ¡Quién hubiera dicho que esa mosquita muerta iba a salir tan brava!

Pasó un rato largo y no se oyó más nada. Yo estaba nerviosísima pensando que a lo mejor había pasao algo malo. Por ella, porque a mí él me tenía sin cuidao ... Miré por la ventana que daba al cuarto del matrimonio y lo que vi me dejó con la quijá desencajá. Después de tanto corricorre y tanto jaleo, allá estaban los dos, encaramaos en la cama como dos tortolitos, él haciéndole el cuento como siempre y ella reventándole los barros de la espalda.

Al otro día de esto que le cuento, él le llenó el balcón de flores, tremendos arreglos de esos que cuestan un ojo de la cara. Cuando se regó que se habían contentao, to el mundo estaba rabioso. De ahí palante, ella también cayó en desgracia con el vecindario.

No tengo que jurarle que él siguió en las mismas, lo único, que ahora hacía las maldades por la izquierda, como antes. Ella aprendió a guiar y se compró un carrito de segundas manos pa poder venir a chequiarlo a cualquier hora, creyéndose que así el hombre se le iba a alinear. Un día de esos que ella andaba patrullando, tuvo la mala suerte de coger a la jabá, con unos mahones que se le rajaban encima, paseándole la calle al cortejo. El estaba en el balcón, sin camisa pa que le ligaran la musculatura, regando las matas. Como un demonio se bajó aquella muchacha del carro, le arrancó la manguera de cuajo al marido y le pegó el chorro a la jabá, que todavía no había tenido tiempo de correr, en el mismo culo, perdonando la palabra pero a lo que tenía aquella mujer no se le puede llamar trasero. Ahí, el marido se alzó, alegó que él no estaba haciendo na malo, que la que había venío a sobrársele era la otra y ella agarró y, fuáquiti, le mandó el manguerazo a él también y entonces él sacó la mano y le soltó una bofetá y los dos se enredaron a trompás. Ya yo iba a avisarle a Doña Nélida pa que llamara a su hermano, que es retén del cuartel, y fuéramos a poner orden en aquella casa cuando ella salió pitá pal carro y arrancó chillando gomas.

No regresó hasta por la noche. Doña Nélida, que estaba en casa, juraba que había venido a buscar la maleta. Se irá a casa de la mai, que es lo que se recomienda en esos casos, decía yo, muy convencida de que el cuento se había acabao. Y nos sentamos en el balcón pa no perdernos el capítulo final. Poquito después salieron los dos, cogiditos de la mano y saludando, con esas caras frescas como dos lechugas del país. Si le digo pa dónde iban, no me lo va a creer. ¡Pal cine! Allá los vieron comprando *popcorn* Zampayo y Doña Berta.

Bueno, esta historia es más larga, yo le cuento así por encimita, usté pregunte si no está satisfecha. Pero la cosa no paró ahí. Los salpafueras eran uno detrás del otro. El cogió de largarse a cheriar por las noches y volver jumo al amanezca. Ella se lo aguantó par de veces pero a la tercera, salió a buscarlo por cuanto cafetín había en Patillas. Y cuando se lo encontró, saliendo de *El Chichón,* un bar de prostitutas de a peseta, por poco le tira el carro encima. Aquella gente ya no se quería ni pa relleno de alcapurrias. El no paraba en la casa y ella, sin vida, esperándolo o corriéndole detrás. La situación estaba más tensa que un cable de la luz. Alguien tenía que explotar. La que explotó fue ella. Y dígame usté si no tenía razón.

Una noche, serían como las diez porque ya la última novela se había acabao, ¿a que no sabe quién se presentó por allí? Pues nada menos que la diabla de Fondo-el-saco, la jabá pelicolorá mentá, que todavía estaba vivita y coleando. Llegó culipandeando como hacía ella, con las nalgas bien prensás y meciendo las tetas como dos hamacas. Y, sin encomendarse a nadie, abre la boca a gritar: ¡Estoy encinta! ¡Estoy encinta! ¿Oíste, so pendejo? ¡Estoy preñá! Aquí fue que fue, pensé yo, agarrando el rosario que tenía guindao al cuello. Y me metí padentro por si acaso se iba a zafar algún tiro. En la casa no se veía movimiento y aquella loca seguía gritando esgalillá.

Por fin, se abrió la puerta y salió ella tan tranquila. Del golpe, la jabá cerró el pico y abrió los ojos como dos palanganas. Vete para tu casa, le dice ella, bien fina. Y como la otra no rezongaba: Vete, vete, él no está. Yo juraba que iban a arrancarse las greñas y a sacarse los ojos pero, gracias a Dios y a la Virgen, na de eso ocurrió. Ella entró, la otra se largó y colorín colorao.

Era verdad que él no estaba. Como a las dos de la mañana, llegó, arrastrándose y cantando boleros de Felipe Rodríguez. Por la ventana de mi cuarto lo vi dando tumbos. No podía ni meter la llave en la cerradura. Ella no le formó fostró. Ni siquiera prendió la luz. Lo dejó que tropezara con cuanto mueble había en la sala. La pobre ya se resignó, se le enfrió la rabia, aceptó la cruz, me dije yo. Y con ésa, me puse el gorro de anamú y me acosté a dormir.

¡Ay, Santa Bárbara bendita, qué equivocada estaba yo! En la oscuridad del cuarto, ella le estaba tejiendo la telaraña. No movió ni un pelo de la nariz, se hizo la dormida en lo que él trataba de colársele sin ruido en la cama. Lo que pasó entonces sólo lo saben ella y Dios porque la ventana estaba cerrada.

El grito que me despertó se oyó en Arroyo. Fue algo terrible, como un chillido de animal que sabe que le ha llegado la hora. To el mundo se levantó y así, como estábamos, en ropa de dormir y to, nos tiramos a la calle. Tocamos a la puerta pero no contestaron. Dentro de la casa, las luces se prendieron. Seguimos dando golpes pero nadie venía a abrir. Zampayo y el hermano de Doña Nélida, que eran gordos y grandotes, empujaron y empujaron pero no pudieron tumbar la puerta.

Al poco tiempo, llegó la patrulla y los guardias le pegaron

un tiro al ojo de la cerradura. Entraron de sopetón y nosotros nos fuimos detrás. Desde el cuarto llegaban los quejidos. Mejor hubiera sido quedarnos afuera. La cama completita estaba ensopá. Hasta la almohada se había teñío de rojo. Hay cosas que más vale nunca haberlas visto".

Hasta aquí el testimonio de Doña Yamila. El epílogo lo tengo de otra fuente, igualmente fidedigna, por cierto, aunque se trate de una presidiaria: la compañera de celda de la autora del delito (quien extingue, desde entonces, dicho sea de paso, su condena en la cárcel de Vega Alta). En esa boca irreverente y sincera, dejo ahora el final de este relato:

"¿Que si fue ella? Pues seguro, ¿quién más iba a ser? si estaban solos en el cuarto. No la pudieron arrestar allí porque cuando llegaron los puercos, ya había echao por la puerta de la cocina y había cogío el carro, que lo tenía parqueao en otra calle después que aquella cafre había venío a gritarle que estaba preñá del marido. A esa hora, cogió pa Fondo-el-saco. Llevaba la cajita de lo más elegantita con to y su moña de encaje. Se fue directa hasta donde vivía la chilla del macho suyo. Ella sabía la dirección exacta desde hacía tiempo porque tenía planeao darle un contrato a alguien pa que le metiera una pela a aquella cabrona. Y allí, en la misma puerta de la casa, le dejó el paquete, con tarjetita y to. Entonces, volvió a meterse en el carro sin prisa y fue a entregarse al cuartel de Patillas. Imagínese, Misi, la cara de la tipa cuando rompió el papel de regalo, sacó la moña y levantó la tapa de la caja. Lástima que la muy bruta no supiera leer pa que pudiera gozarse la dedicatoria".

Los lectores querrán sin duda conocer el contenido de la enigmática tarjetita. Su autora no ha querido, por razones obvias, revelarlo y, en solidaridad con su secreto, tampoco nos lo comunicó la compañera de celda. Dicen las malas lenguas de Patillas que la jabá, después de todo, sí sabía leer y que no tuvo la discreción de su rival. Hay quien pone en duda lo afirmado por ella en medio del ataque de histeria que terminó por llevarla a Psiquiatría. Pero siempre queda abierta la opción de la fe. Según la destinataria del mensaje, las letras de molde escritas en tinta sospechosamente roja decían:

FELICIDADES: TE LO GANASTE.

Con un popurrí de cuentos de camino termina esta excursión al sur isleño. Aquí reina otra vez la tradición oral en su modalidad callejera del chisme de pueblo. Los que conozcan al dedillo algunas de las versiones consagradas de los sucesos contados protestarán seguramente por los inevitables cambios que me impuso el traslado de la materia prima a la página.

La primera vez que "bajé" al sur, cuando era una niña de apenas siete años, lo hice en carro público. Recuerdo sobre todo los chistes del chofer (Viejo, le decían), las impresionantes curvas de la carretera de Cayey a Guayama y la bolsa de papel que me pusieron entre las manos por si acaso se me rebelaba el estómago. Muchos han sido desde entonces los paseos que he dado en compañía de choferes y pasajeros, compartiendo el ambiente guasón que se establece, con el calor y el apretujamiento, en la intimidad del vehículo. Por desgracia, la tiranía del automóvil privado amenaza con desplazar el placer privilegiado del viaje colectivo.

CUENTO EN
CAMINO

And for to make you the more merry,
I will myself gladly ride with you.

Geoffrey Chaucer
The Canterbury Tales

U na explosión de nubes rojas encandilaba el cielo y las sombras de las hojas de yagrumo se acostaban oblicuas sobre el bosque de Guavate cuando el chofer nos hizo la inquietante confesión de que se estaba cayendo de sueño. Hablen, tiren adivinanzas, echen chistes, dijo, perentorio, frotándose los ojos que nos retaban traviesos por el espejo. El radio, ese último recurso de choferes mordidos por Morfeo, no funcionaba. Era cuestión de vida o muerte: o le dábamos su dosis urgente de jarabe de pico o el carro público cogía un atrecho por el infierno.

Hubo un silencio breve que pareció muy largo en lo que alguien se atrevía a romper el hielo. Por suerte, el maunabeño, que era suelto de lengua, se mojó los labios y en seguida se tiró de pecho:

—En mi pueblo, cerca del faro, por allá por el Cabo de Malapascua, vivía un don que tenía treintisiete hijos, todos de madres diferentes. Yo no sé qué rayos tenía aquel hombre entre las patas que no se le resistía ni la Virgen de la Paloma.

El narrador pausó, esperando la reacción del auditorio. El silencio se podía rebanar con un cuchillo y las caras eran de cemento armado. Yo viré la cabeza hacia la ventana para encubrir una sonrisa culpable. Cuando el chofer se atrevió a liberar una sonora carcajada en celebración del sacrílego comentario, el maunabeño, envalentonado, volvió a la carga:

—Pues sí: tremendo familión el que tenía el tipo este. Y buen padre que era: para que nadie se le ofendiera, se la pasaba durmiendo de casa en casa.

Volvió a reírse el chofer pero esta vez acompañado por un señor de chaquetón oscuro con cara de maestro retirado.

—Y lo mejor del caso no era eso, era que las mujeres

estaban de lo más orondas y hasta se repartían por calendario las noches con el hombre y se cuidaban los nenes unas a otras cuando alguna tenía que hacer cualquier diligencia.

La hilaridad del chofer era irresistible. Los otros pasajeros se reían nada más que de oírle los jadeos asmáticos. Confieso que esa parte del cuento a mí me daba menos gracia.

—Todo le iba muy bien al don. Doblaba el lomo en el campo, chiripeaba en el pueblo cada vez que tenía un chance y, con la ayuda de Dios, el mujerío y los americanos, resolvía más o menos en las treintisiete casas.

Una señora que llevaba puesto un hábito blanco amarrado a la cintura con un cordón de bolas coloradas, no pudo evitar salirle al paso:

—¡Qué bonito, ah! Como a él no le tocaba cambiar culeros sucios ni guayar plátanos pal sancocho...

—No se me bravee —dijo el maunabeño sin sulfurarse. Ahora verá lo que le pasó al fulano. Las cosas buenas no duran y cuando duran, traen rabo. Como cualquier ciudadano honesto, él llenaba su planilla cada año y pagaba sus contribuciones. Y cada año también era más larga la lista de los dependientes que el hombre reclamaba. Al principio, se lo dejaron pasar pero cuando las cosas en el país se fueron poniendo malas, digo, peores, un inspectorcito, de esos bien fiebrús que quieren ascender en el gobierno a cuenta de la gente decente y trabajadora, le mandó un día una carta. Presente, le decía así porque sí, acta de nacimiento o fe de bautismo y seguro social de cada dependiente. Tamaño lío, señores, porque ni él ni las mujeres se habían ocupado de ir a inscribir los críos ni en la alcaldía ni en la parroquia. ¿Y usté sabe lo que es ponerse a arreglarle la papelería a ese racimo de cristianos, tos al mismo tiempo y faltando na más que dos semanas pal quince de abril a medianoche? Mire, yo mejor cojo un préstamo y me endeudo hasta los...

—¿Y qué hizo? —cortó impaciente el muchacho del

Walkman que, al notar la risería de la gente, se había quitado los audífonos para gozarse el cuento.

—Un notario amigo suyo le aconsejó que se fuera por las de la ley pero el don no tenía ni el tiempo ni la calma. Estuvo unas cuantas noches dándole cacumen al asunto y, de momento, se le prendió la bombilla. Al otro día, fue a donde un *dealer* de Maunabo que le debía par de favores y reservó tres guagüitas, de ésas bastante grandes que usan los que carretean chamaquitos pa la escuela. Se consiguió a dos porteadores desempleados y, guiando una él y ellos las otras dos, fue parando de casa en casa, recogiendo desde gusarapitos de dos años hasta manganzones de dieciocho. Para ellos, imagínese, aquello era un fiestón: iban cantando y gritándole pocavergüenzas a la gente por el camino. Los otros dos choferes rejendieron por esa carretera pabajo a las millas, locos por quitarse esos encordios de encima. Pero el don estaba que se reía solo. Ya se veía el edificio de Hacienda, allá en la entrada de San Juan, cuando mandó a parar, se apeó, y fue de guagua en guagua diciéndole a los hijos: ahora ustedes se van a bajar aquí conmigo y van a coger por esa escalera parriba y van a hacer to el ruido que puedan... Joroben bastante y alboroten to lo que les dé la gana que, si alguien se mete con ustedes, aquí está su pai pa defenderlos. ¡Ay bendito! Muerto, ¿quieres misa? ¡Si jorobar era lo dellos! Aquella pobre gente de Hacienda no sabía lo que le venía pal lomo. Tan pronto puso pata aquella titerería en el suelo, abrieron la boca a berrear y salieron corriendo como la partía de salvajes que eran. Y el pai detrás, mondao de la risa.

La panza del chofer subía y bajaba, chocando contra el volante con cada carcajada. La gente seguía pendiente al desenlace, que ya se perfilaba.

—Pues sí, señores: hasta el mismo escritorio del inspectorcito llegó el don con aquella santa trulla. Los muchachos se le metían por todos los rincones, hasta en los zafacones, y la gritería se oía allá en la Plaza de Colón. Y dice el don, de lo más humildito: Aquí están los treintisiete dependientes,

179

míster, saque papel pa que me los ponga en récord. El inspectorcito se le quedó mirando un rato sin saber qué demonios contestar. Los muchachos ya estaban abriéndole las gavetas y cogiéndole los bolígrafos y las engrapadoras. Por fin, se levantó, se arregló la corbata y fue a buscar al supervisor pa que lo sacara del aprieto. La jauría se le fue detrás, haciendo morisquetas y dándole manigueta por las nalgas. Vino el supervisor y no pudo soportar el embate: a los diez minutos, estaba ronco de tanto mandar a callar y amenazó con llamar al guardia de seguridad si el don no se largaba de allí en seguida con sus treintisiete fieras. Dicho y hecho: con el mismo brincoteo y el mismo escándalo, salieron del edificio. De premio, el pai los llevó a comer jamberguers en el *MacDonald's* de Puerta de Tierra antes de regresar a Maunabo. De eso hace ya diez años. El don sigue haciendo su listita tranquilón cada mes de marzo y a Hacienda ni se le ha ocurrido volver a molestarlo. Mejor es no llamar que ver venir al diablo.

Hubo aplausos por parte del chofer y el maestro retirado. El maunabeño sonreía satisfecho pidiendo ahora el relevo.

Sorpresivamente, fue el chico del *Walkman* quien agarró con entusiasmo el batón.

—En Arroyo, donde vive la abuela mía, ha habido montones de fuegos. Se han achicharrado negocios, cañaverales, casas y hasta a algunas mujeres les ha dao con rociarse de arriba a abajo con gasolina y arrimarse un fósforo prendío. Dice mi abuela que ésa es la venganza de un marino que estaba enfermo de algo bien contagioso y la tripulación del barco lo metió en una yola y le pegó fuego.

—Pero ¿después de muerto? —dijo, intrigado el maunabeño.

—Ese es el punto, jefe, que lo asaron vivo —contestó el chico, algo molesto porque no se había entendido la clave de su cuento.

La brevedad del chisme decepcionó al chofer, que amenazaba nuevamente con quedarse dormido. La doña del hábito aprovechó la ocasión para tirarse al ruedo:

—De Arroyo soy yo también y es cierto que el dichoso fuego tiene algo contra mi pobre pueblo. Esto que les voy a contar sucedió hace ya bastante tiempo. No voy a mentar nombres por si alguien los conoce: por allá abajo todo el mundo es pariente o está por serlo.

Sucede y acontece que, a principios del siglo, fue a vivir allí una viuda de Islas Canarias que tenía un hijo ya grande y bastante dinero. El muchacho se enamoró de una trigueñita criolla que conoció y se quiso casar con ella. La madre no quería de ninguna manera el casamiento, por el color de la niña pero también porque para su hijo ninguna mujer le parecía lo suficientemente buena. Y para evitar la boda hasta se enfermó. Pero el hijo se emperró y se emperró y, como era ya mayor de edad, un día agarró a su trigueñita, fue a hablar con el cura y, al día siguiente, ya tenía ella el aro de matrimonio en el dedo. Se fueron a vivir a una casa que él había alquilado en el mismo pueblo. El hombre era buen hijo y seguía visitando a la madre. Ella lo recibía a él pero a la yerna le negaba la entrada y hasta el saludo. Bueno, pues, resulta que, con el tiempo y el favor de Dios, la trigueñita salió encinta. El nene nació blanquito como el padre pero ni aun así quiso ir a verlo la abuela.

Al año de haber nacido el nene, empezaron a pasar cosas bien raras en casa de la pareja: se perdían las llaves, se abrían las plumas, echaba humo la letrina... Una noche, unos perros negros bravísimos se les metieron en el patio y aullaron hasta el amanezca. De lo feo que se estaba poniendo aquello, la trigueñita mandó a buscar al señor cura. El padre dijo dos o tres *dominus vobiscum* en cada cuarto y hasta regó agua bendita. Pero esa misma noche volvieron los perros y tembló la cama y todas las celosías de la sala se abrieron y se cerraron.

La narradora había bajado la voz, cosa de acentuar la atmósfera siniestra de su relato. Todos, incluyendo al chofer, nos inclinábamos hacia ella para no perdernos una sola palabra. La noche ya había caído y una brisita fría soplaba de la carretera. Subí con disimulo el cristal para cerrarle el paso a cualquier espíritu aventurero.

181

—La trigueñita mandó a buscar entonces a su tía, que entendía bastante de esos asuntos. Y no hizo nada más que entrar aquella negra espiritista en la sala cuando se cayó una lámpara del techo que por poco la plancha. Ay Santa Marta, brujería de la mala es lo que hay aquí, dijo la tía, escamada, y rompió a rebuscar y a sacudirlo todo de arriba a abajo. Pero, por más que viró la casa al revés, no pudo hallar el trabajito por ninguna parte. Entonces la cogió un ánima de ésas que andaban sueltas por allí y empezó a hablar por su boca. Tu suegra es la culpable, le dijo a la sobrina, ella es la que te está haciendo esto y mientras no se encuentre la mala obra, seguirán haciendo de las suyas los muertos que te ajotó.

—Lo que había que hacer era mandarle a dar una pela a la vieja esa —pontificó el chofer, que tenía los dedos cruzados por si las moscas.

—O hacerle un brujo más grande todavía —contribuyó el maestro retirado, que no por nada era de Guayama.

—Esa noche, cuando el hijo de la viuda lo supo, no quiso, por supuesto, creerlo. ¿Cómo iba a ser? Su madre, tan correcta, tan seria, tan católica... Pero la esposa estaba convencida y no quería ni por nada en el mundo volver a dormir en aquella casa endemoniada. Tanto estuvo insistiendo ella hasta que por fin el pobre hombre le prometió que al día siguiente iba a salir a buscar otro lugar donde mudarse. Se fueron a acostar, muertos de miedo y pasaron horas antes que pudieran pegar el ojo. Ya de madrugada, los despertó de momento un olor muy fuerte a quemado. El salió corriendo para afuera a averiguar dónde era el fuego. Ella estaba con la ropa a medio poner cuando se oyeron los gritos del nene. Así, en refajo como estaba, voló para el cuarto de su hijo. Y —ay Virgen del Carmen, se me paran los pelos nada más que de acordarme— se encontró al muchachito prendido en candela, hecho un jacho humano debajo del mosquitero.

Gracias a Dios que ya habíamos salido a la autopista y las luces de los carros que bajaban alumbraban el camino y los temores.

—Pero ¿y la vieja? ¿no le pasó na a la vieja? —insistía el chofer, hundiendo el pie en el acelerador en revancha inconsciente.

—A la que le pasó no fue a la vieja, fue a la pobre yerna. La viuda la acusó de haber asesinado a su nieto y, como tenía dinero y conexiones, logró que se la llevaran para San Juan y la encerraran en el manicomio.

El guayamés formuló entonces la pregunta que todos teníamos en la punta de la lengua:

—Y el marido, ¿hizo algo?

—Sí, cómo no —dijo, con un gesto de disgusto, la doña —Se fue para Canarias con la madre... pa que usté vea lo falsos y lo cobardes que son algunos hombres.

La moraleja del cuento levantó protestas por parte de los cuatro ejemplares del sexo masculino que hacían mayoría en el carro. El maestro retirado quiso salvar el honor viril y no encontró mejor manera de hacerlo que aceptando el reto de otro cuento:

—En un pueblo del sur de cuyo nombre no quiero acordarme, había un comerciante que tenía una casota muy elegante al lado de su tienda y cerquita de un parque de bombas. Igual de elegante era su mujer: una extranjera alta, blanca, de ojos azules, guapísima, pero que era un poquito, usté me entiende...

La doña del hábito frunció la boca en preparación para las próximas ofensas al pudor; el chofer, como siempre, festejó ruidosamente la gracia.

—Tan caliente era que no le bastaba un solo hombre. Ni dos. Ni tres. Ni cuatro. El pobre marido tenía la cabeza florecida de cuernos pero sin darse cuenta porque era medio, usté me entiende...

El chofer se ahogaba de la risa, el maunabeño le hacía coro y la doña de Arroyo abría los ojos y suspiraba fuerte. El muchacho del *Walkman* me tiró una guiñada enigmática que no supe cómo interpretar.

—La mujer tenía preferencia nada más y nada menos que por los bomberos. Y como los tenía al alcance de, usté me entiende... todas las noches la muy viva le daba al marido un té de tilo sazonado con calmantes y, mientras él roncaba, ella se pasaba la noche apagando fuegos.

—¡Por favor! —dijo la doña por lo bajo y, buscando apoyo solidario, me clavó la mirada. Yo no sabía si ponerme seria o acabar de reírme y me quedé con la sonrisa a medias y una expresión bastante idiota en la cara.

—Los amigos del marido se enteraron del brete y alertaron al hombre para que hiciera algo por la patria. El estuvo cavilando bastante porque le resultaba difícil creer que su mujercita querida lo estuviera coronando con la cooperación de medio cuerpo de bomberos. Una noche, fingió que se tomaba el té y se quedó despierto mirando pal plafón por mucho rato. Cuando sintió movimiento en el cuarto del lado, se levantó, salió por la puerta de atrás, dio la vuelta y fue a pararse debajo de un palo, al otro lado de la calle. Desde allí vio el desfile y cayó, por fin, en cuenta. Pero se controló, esperó a que saliera el último, cruzó la calle y entró en la casa.

Pese a la perversidad del narrador, el cuento nos tenía agarrados por la garganta. Hasta la doña había suspendido las hostilidades para acelerar el ansiado desenlace.

—Dicen los que lo vieron que ese hombre iba como un loco, con la cara violeta de la rabia. Abrió aquella puerta de par en par, se metió en el cuarto, la agarró por el pelo, la arrastró hasta el balcón y así mismo, en traje de Eva, la tiró a la calle.

Ahora nadie se reía. Lo abrupto del final nos había cortado el aire.

—Ya usté ve, doñita, —dijo el narrador sin perder la tabla— si falsos somos los hombres, más falsas todavía pueden ser las mujeres.

—De que las hay, las hay, —dijo el maunabeño en tono conciliador— pero la mayoría son mejores que nosotros, don, como mi madre y la suya.

La sentimental evocación materna calmó los ánimos.

Enternecido, el guayamés ni siquiera se percató de que le habían mentado dulcemente la madre.

—Ese cuento tiene otra parte —dijo la doña de repente y todos nos viramos para mirarla.— Usté no ha contado más que un lado del asunto y esa pobre mujer ha quedado como la villana.

El aludido se encogió de hombros con un aire de total inocencia. La doña se mantuvo firme, mirándolo fijamente con los brazos cruzados.

—Pues cuente, cuente usté —propuso el chofer, recobrando el brillo en los ojos cansados. La doña consideró la invitación, vaciló unos minutos y arrancó sin previo aviso con la vista puesta en la ventana.

—Sucede y acontece que el tal comerciante no era ningún santo. Lo suyo era llevarse a las muchachitas ignorantes de los campos para una casa de citas que había en mi pueblo y allí hacerles el daño.

La frase hizo sonreír al chico del *Walkman*. Pero cerró los ojos, muy contrito, cuando nuestras miradas se encontraron.

—Aquella casa era famosa por las fiestas que celebraban allí con sus cortejas los hombres más degenerados de toda la costa. Las tiborias, le decía la gente a aquellas orgías que dejaban chiquititas a las de los emperadores romanos.

—Ni tanto —dijo el maestro, molesto por el giro que iba tomando el cuento. La doña se apresuró a recuperar su espacio:

—La mujer, naturalmente, vivía ajena a todo aquello. El mundo entero lo sabía pero como él la tenía encerrada todo el tiempo allí, sin familia y sin amistades, no había manera de que ella se enterara. En eso, vino a trabajar en la casa una sirvienta jovencita que el mismo fulano le había mandado y que para que la ayudara. La muchacha era obediente y hacendosa y la señora estaba encantada.

Un día, haciendo limpieza, la sirvienta metió la mano por un recoveco que había detrás de un mueble en el cuarto que el señor usaba de oficina. Y descubrió, detrás de una falsa pared, un montón de libros empaquetados y amarrados. Como la pobre no sabía leer, no se dio cuenta de que aquello era una colección de libros frescos, de ésos que tiene prohibidos la Santa Madre Iglesia. Pero mirar sí sabía y, como la curiosidad la había picado, se puso a hojear un álbum bien grueso que encontró pillado entre dos libros. Imagínese la cara que puso aquella muchachita inocente cuando empezó a ver la zafra de fotos indecentes del señor y sus amigos haciendo barbaridades con nenas de doce y trece años, con mujeres de color y hasta con animales, bendito sea Dios...

—Esas tiborias eran algo serio —dijo el chofer, maravillado, y nadie se atrevió a reírse.

—Para no meterse en líos, la niña se calló la boca y pensó: ellos son blancos y se entienden. Pero Dios castiga, sin palo y sin rebenque y resulta que al fulano, que le tenía el ojo puesto a la muchachita, le dio en esos días con estarla manoseando cada vez que ella le pasaba por el lado. Al principio, ella trató de zapateárselo a las buenas pero el hombre se puso insistente y la velaba para tratar de arrinconarla. La noche que quiso metérsele en el cuarto, ella se decidió, hizo su lío de ropa y al otro día fue a despedirse de la señora. Pero sucede y acontece que ella le había cogido cariño a su patrona y, cuando fue a abrir la boca para decirle que se iba, se echó a llorar como una magdalena. La señora se asustó, por supuesto, y le cayó a preguntas. Y tanto insistió que la muchachita terminó por espepitarle la verdad. Como la señora no quería creerle, tuvo que cogerla por la mano y llevarla hasta la oficina del esposo para enseñarle el recoveco, la falsa pared y el álbum.

Tras la pausa de rigor, la doña no dejó pasar la ocasión de machacar su triunfo:

—Para que vea —dijo, sonreída— cómo cambia el cuento según quien lo cuente.

El guayamés, sin embargo, no se daba por vencido:

—Perdonando la pregunta —dijo en un tono exageradamente comedido— pero ¿de dónde sacó usté esa versión?

Sorpresivamente, fue el chofer quien vino a remolcar a la doña:

—De donde mismo sacó usté la suya y mire a ver si alguien aquí le ha preguntao... —Y despejó las tensiones con otra de sus inimitables risotadas.

El silencio se instaló cómodamente entre nosotros. El chofer se veía ahora espabilado y despierto en la carretera de Caguas. Faltaba poco ya para que cogiera la curva y virara hacia Río Piedras. Yo sabía que mi turno había llegado pero, por suerte, el viaje estaba casi terminado. Cuando más creía estar a salvo, la voz del maunabeño me puso en jaque:

—Bueno ¿y tú, mija, no vas a contarnos nada?

El chofer y los demás pasajeros se le unieron. Pero yo estaba rotunda en la negativa y tuve que agotar mi reserva de excusas baratas: que no tenía nada interesante que decir, que la vida en la capital era demasiado aburrida, que ya estábamos llegando y no me iba a dar tiempo y hasta que me dolía la garganta. Subiéndole de golpe el volumen al radio para imponernos un *rap* escandaloso, el chico del *Walkman* salió a mi rescate. Con la juventud aliada en su contra, los viejos sureños abandonaron su insistencia y se resignaron a viajar callados el último tramo.

En la plaza de Río Piedras, se prolongó el rito de las despedidas. Hubo presentaciones y apretones de manos. El guayamés, que resultó ser un bombero y no un maestro retirado, nos hizo un mapa en una servilleta para explicarnos cómo llegar a su casa. El chofer hasta nos dio su tarjeta y nos repitió varias veces que no dejáramos de llamarlo cuando quisiéramos "bajar".

—La próxima vez tómese un cafecito antes de salir —le recomendó la doña, agarrando una caja amarrada con cordeles que despedía un seductor olor a nísperos.

Y el chofer, muerto de la risa:

—Deje eso, ése es el truco mío pa que me cuenten cuentos...

Bajé por la calle Georgetti y ya había avanzado un poco cuando me dio la inconfundible sensación de que alguien me venía siguiendo. Ante la posibilidad muy real de un asalto de bienvenida a la zona metropolitana, me volví para descubrir que se trataba del chico del *Walkman*. Le agradecí su intervención salvadora en el carro y caminamos juntos hasta la Ponce de León. Me contó que estudiaba de día y de noche vendía helados en *Los Chinitos*.

—Pasa por ahí un día de éstos para que te comas una barquilla cortesía de la casa —dijo, con una guiñada esta vez menos equívoca. Y ya estando a punto de separarnos:

—Oye, ¿y tú, a qué te dedicas?

Yo me hice la loca, levanté la mano en señal de adiós y seguí andando. No quería romper la magia del momento. Iba con la cabeza llena de palabras y estaba ansiosa por sentarme al escritorio y destapar la maquinilla.